GEORGES COURTELINE

LES BOULINGRIN

VAUDEVILLE EN UN ACTE

PARIS
P.-V. STOCK, ÉDITEUR
(Ancienne Librairie TRESSE & STOCK)
8, 9, 10, 11, GALERIE DU THÉATRE-FRANÇAIS
Palais-Royal

1898

LES BOULINGRIN

VAUDEVILLE EN UN ACTE

Représenté pour la première fois sur la scène du Grand-Guignol, le 7 février 1898.

DU MÊME AUTEUR

ROMANS ET NOUVELLES

Ah! jeunesse. Un volume in-18.
Boubouroche. Un petit volume in-12.
Le 51e Chasseurs. Un petit volume in-32.
Un Client sérieux. Un vol. in-32.
Les Facéties de Jean de la Butte. Un petit volume in-32.
Les Femmes d'amis. Un volume in-18.
Les Gaîtés de l'Escadron. Un volume in-18.
Lidoire et la Biscotte. Un volume in-18.
Madelon, Margot et Cie. Un petit volume in-32.
Messieurs les Ronds de cuir. Un volume in-18.
Ombres parisiennes. Un petit volume in-32.
Potiron. Un volume in-18.
Le Train de 8 h. 47. Un volume in-18.
La Vie de caserne. Un volume in-8°.

THÉATRE

Boubouroche, comédie en deux actes.
Les Boulingrin, vaudeville en un acte.
Un Client sérieux, comédie en un acte.
Le Droit aux étrennes, comédie en un acte.
Gros chagrins, un acte.
Hortense, couche-toi! saynète.
Une lettre chargée, saynète.
Lidoire, comédie en un acte.
Monsieur Badin, un acte.
La Peur des coups, comédie en un acte.
Théodore cherche des allumettes, un acte.
La Voiture versée, comédie en un acte.

ÉMILE COLIN — IMPRIMERIE DE LAGNY

GEORGES COURTELINE

LES

BOULINGRIN

VAUDEVILLE EN UN ACTE

PARIS

P.-V. STOCK, ÉDITEUR

(Ancienne librairie TRESSE & STOCK)

8, 9, 10, 11, GALERIE DU THÉATRE-FRANÇAIS

PALAIS-ROYAL

1898

PERSONNAGES

DES RILLETTES	MM. Robert Lagrange.
BOULINGRIN.	Scheller.
MADAME BOULINGRIN. .	Mmes Ellen Andrée.
FÉLICIE	Berthe Le Brec.

LES BOULINGRIN

Le théâtre représente un salon.

SCENE PREMIÈRE

DES RILLETTES, FÉLICIE

DES RILLETTES, *que vient d'introduire Félicie.*

Ces Boulingrin que j'ai rencontrés l'autre jour à la table des Duclou et qui m'ont invité à venir de temps en temps prendre une tasse de thé chez eux, me paraissent de fort charmantes gens et je crois que je goûterai en leur compagnie infiniment de satisfaction.

FÉLICIE

Si monsieur veut bien prendre la peine de s'asseoir ?... Je vais aller avertir mes maîtres.

DES RILLETTES

Je vous remercie. — Ah !

FÉLICIE

Monsieur ?

DES RILLETTES

Comment vous appelez-vous, ma belle ?

FÉLICIE

Je m'appelle Félicie, et vous ?... Oh ! ce n'est pas par indiscrétion, c'est pour savoir qui je dois annoncer.

DES RILLETTES

Trop juste : des Rillettes.

FÉLICIE, *égayée.*

Des Rillettes ?

DES RILLETTES

Des Rillettes.

FÉLICIE

Ma foi, j'ai connu pire que ça. Ainsi tenez, dans mon pays, à Saint-Casimir près Amboise, nous avions un voisin qui s'appelait Piédevache.

DES RILLETTES

Oui ? Eh bien allez donc informer de ma visite madame et monsieur Boulingrin.

FÉLICIE

J'y vais. (*Fausse sortie.*)

DES RILLETTES

Au fait, non. Un moment. Approchez un peu, que je vous parle. (*Lui prenant le menton.*) Vous n'êtes pas qu'une jolie fille, vous.

FÉLICIE, *modeste.*

Peuh...

DES RILLETTES

Vous êtes aussi une fine mouche.

FÉLICIE

Peuh...

DES RILLETTES

De mon côté, j'ose prétendre que je ne suis pas un imbécile.

FÉLICIE

Peuh... Pardon, je pensais à autre chose.

DES RILLETTES

Je crois que nous pourrons nous entendre. Il y a longtemps que vous servez ici ?

FÉLICIE

Bientôt deux ans.

DES RILLETTES

A merveille ! Vous êtes la femme qu'il me faut.

FÉLICIE

Vous voulez m'épouser ?

DES RILLETTES

Ne faites pas la bête, ce n'est pas de cela qu'il s'agit.

FÉLICIE

On peut se tromper. Excusez.

DES RILLETTES

Félicie, écoutez-moi bien, et surtout répondez franchement. Si vous mentez, mon petit doigt me le dira. En revanche, si vous êtes sincère, je vous donnerai quarante sous.

FÉLICIE

C'est trop.

DES RILLETTES

Cela ne fait rien; je vous les donnerai tout de même.

FÉLICIE

En ce cas, allez-y. Questionnez.

DES RILLETTES

Entre nous, madame et monsieur Boulingrin sont de fort aimables personnes ?

FÉLICIE

Je vous crois.

DES RILLETTES

Je l'aurais parié! — Gens simples, n'est-ce pas ?

FÉLICIE

Tout ce qu'il y a de plus.

DES RILLETTES

Un peu popote ?

FÉLICIE

Un peu beaucoup.

DES RILLETTES

Très bien! Ménage très uni, au surplus ?

FÉLICIE

Uni ? Uni ? Mais c'est au point que j'en suis quelquefois gênée! Jamais une discussion, toujours du même avis! Deux tourtereaux, monsieur! deux ramiers!

DES RILLETTES

Allons, je constate que mon flair aura fait des siennes une fois de plus. Je vais être ici comme dans un bain de sirop de sucre. Voilà vos deux francs, mon petit chat.

FÉLICIE

Ça ne vous gêne pas?

DES BILLETTES

Non.

FÉLICIE

Alors... merci, monsieur.

DES BILLETTES, *très grand seigneur.*

Laissez donc!... Jamais je n'ai moins regretté mon argent. Salut! demeure calme et tranquille, asile de paix où je me propose de venir trois fois par semaine passer la soirée cet hiver, les pieds chauffés à des brasiers qui ne me coûteront que la fatigue de leur présenter mes semelles, et abreuvé de tasses de thé qui ne me coûteront que la peine de les boire. Oh! agréable perspective! rêve longtemps caressé! vision cent fois douce à l'âme du pauvre pique-assiette qui, sentant la vieillesse prochaine et pensant avec Racan que l'instant est venu de faire la retraite, ne demande pas mieux que de la faire, à l'œil, sous le toit hospitalier d'autrui. (*Cependant, depuis un instant, Félicie agacée mime le coup de rasoir, la joue caressée du revers de la main et le bout du nez pincé entre l'index et le pouce.*)

DES BILLETTES, *se tournant vers elle qui interrompt brusquement sa mimique.*

C'est que voyez-vous, mon enfant, plus on avance dans la vie, plus on en voit l'inanité. Qu'est la volupté ? Un vain mot ! Qu'est le plaisir ? Une apparence ! Vous me direz que pour un vieux célibataire, la vie de café a bien ses charmes. C'est vrai, mais que d'inconvénients ! A la longue, ça devient monotone, onéreux, et puis il arrive un âge où...

FÉLICIE

Oh !

DES RILLETTES

Qu'est-ce qu'il y a ?

FÉLICIE

J'ai oublié de refermer le robinet de la fontaine.

DES RILLETTES

Petite bête ! Ça doit être du propre.

FÉLICIE

Je me sauve. Je vous annoncerai en même temps. (*Elle sort.*)

SCÈNE II

DES RILLETTES, *seul.*

Pas de cervelle, mais de l'esprit. Cette enfant ne me déplaît pas. L'appartement non plus, d'ailleurs. Ameublement bourgeois mais confortable, bourrelets aux fenêtres et sous les portes... La cheminée (*Il s'accroupit devant l'âtre.*) ronfle comme un sonneur et tire comme un maître d'armes. (*Se laissant tomber dans un fauteuil.*) Non, mais voyez donc ce ressort !... Des Rillettes, mon petit lapin, tu me parais avoir trouvé tes invalides et tu seras ici, je te le répète, ni plus ni moins que dans un bain de sirop de sucre. Je te fais bien mes compliments. Du bruit ! Ce sont probablement M. et Mme Boulingrin.

SCÈNE III

DES RILLETTES, LES BOULINGRIN

DES RILLETTES

Madame et monsieur Boulingrin, je suis bien votre serviteur.

BOULINGRIN

Eh ! bonjour, monsieur des Rillettes.

MADAME BOULINGRIN

C'est fort aimable à vous d'être venu nous voir.

BOULINGRIN

Vous tombez à propos.

DES RILLETTES

Bah !

MADAME BOULINGRIN

Comme marée en carême.

DES RILLETTES

J'en suis bien aise.

MADAME BOULINGRIN

Dites-moi, M. des Rillettes...

DES RILLETTES

Madame ?...

BOULINGRIN, *le tirant par le bras gauche.*

Pardon ! moi d'abord.

MADAME BOULINGRIN, *le tirant par le bras droit.*

Non. Moi !

BOULINGRIN

Non !

MADAME BOULINGRIN

N'écoutez pas, M. des Rillettes. Mon mari ne dit que des bêtises.

BOULINGRIN

Que des bêtises !...

MADAME BOULINGRIN

Oui, que des bêtises.

BOULINGRIN

Tu vas voir un peu, tout à l'heure, si je ne vais pas aller t'apprendre la politesse avec une bonne paire de claques. Espèce de grue !

MADAME BOULINGRIN

Voyou !

BOULINGRIN

Comment as-tu dit cela ?

MADAME BOULINGRIN

J'ai dit : « Voyou ».

BOULINGRIN

Tonnerre !... Et puis tu embêtes monsieur. Veux-tu bien le lâcher tout de suite !

MADAME BOULINGRIN

Lâche-le toi-même.

BOULINGRIN

Non. Toi !

MADAME BOULINGRIN

Non!

DES RILLETTES, *écartelé.*

Oh!

MADAME BOULINGRIN

Tu entends. Tu le fais crier.

DES RILLETTES

Excusez-moi, madame et monsieur Boulingrin, mais je vois que vous êtes en affaires et je craindrais d'être importun.

BOULINGRIN

Nullement.

MADAME BOULINGRIN

Point du tout.

BOULINGRIN

Au contraire.

DES RILLETTES

Cependant...

BOULINGRIN

Au contraire, vous dis-je. (*Lui avançant une chaise.*) Tenez!

MADAME BOULINGRIN, *même jeu.*

C'est cela. Prenez un siège.

DES RILLETTES

Merci.

BOULINGRIN

Non. Pas celui-ci; celui-là!

DES RILLETTES

Mille grâces.

MADAME BOULINGRIN

Non. Pas celui-là; celui-ci.

BOULINGRIN

Non.

MADAME BOULINGRIN

Si.

BOULINGRIN

Non.

MADAME BOULINGRIN

Si.

BOULINGRIN

Est-ce que ça va durer longtemps? Vas-tu ficher la paix à M. des Rillettes?

DES RILLETTES

En vérité, je suis désolé.

MADAME BOULINGRIN

Pourquoi donc?

BOULINGRIN

Il n'y a pas de quoi.

MADAME BOULINGRIN *et* BOULINGRIN, *ensemble.*

Asseyez-vous.

MADAME BOULINGRIN, *qui a réussi à amener une chaise sous les fesses de des Rillettes.*

Là!

BOULINGRIN, *qui se précipite.*

Pas sur celle-là, je vous dis! (*Il enlève, d'un tour de main, la chaise avancée par sa femme, en sorte que des Rillettes, qui allait justement s'y asseoir, tombe, le derrière sur le plancher.*)

MADAME BOULINGRIN, *triomphante.*

Tu vois! (*Pendant tout le couplet qui suit, madame Boulingrin, calme et exaspérante, s'obstine à répéter :*) Imbécile! Imbécile! (*tandis que*)

BOULINGRIN, *légitimement indigné.*

Eh! c'est de ta faute, aussi! Pourquoi as-tu voulu le forcer à s'asseoir sur une chaise qui le répugnait? Tu serais bien avancée, n'est-ce pas, s'il s'était cassé la figure?... Imbécile?... Imbécile toi-même! Quel monstre de femme, mon Dieu! Pourquoi faut-il que j'aie trouvé ça sur mon chemin? (*A des Rillettes.*) Vous ne vous êtes pas blessé, j'espère?

DES RILLETTES, *qui se frotte mélancoliquement le fond de culotte.*

Oh! si peu que ce n'est pas la peine d'en parler.

BOULINGRIN

Vous m'en voyez ravi. Approchez-vous du feu.

DES RILLETTES, *à part.*

Je suis fâché d'être venu.

MADAME BOULINGRIN, *empressée.*

Prenez ce coussin sous vos pieds.

DES RILLETTES

Merci beaucoup.

BOULINGRIN, *que la civilité de sa femme commence à agacer, et qui fourre un second coussin sous le premier.*

Prenez également celui-ci.

DES RILLETTES

Bien obligé.

MADAME BOULINGRIN, *qui ne saurait sans déchoir accepter de son mari une leçon de courtoisie.*

Et celui-là. (*Elle glisse un troisième coussin sous les deux autres.*)

DES RILLETTES

En vérité...

BOULINGRIN, *armé d'un quatrième coussin.*

Cet autre encore.

DES RILLETTES

Non.

MADAME BOULINGRIN

Ce petit tabouret.

DES RILLETTES, *les genoux à la hauteur de l'œil.*

De grâce...

BOULINGRIN

Eh! laisse-nous tranquilles avec ton tabouret! (*Exaspéré, il envoie un coup de pied dans la pile de coussins échafaudée sous les semelles de des Rillettes. Les coussins s'écroulent, entraînant naturellement, dans leur chute, la chaise de des Rillettes, et des Rillettes avec.*) Tu assommes M. des Rillettes.

DES RILLETTES, *les quatre fers en l'air.*

Quelle idée!

MADAME BOULINGRIN

C'est toi qui le rases.

BOULINGRIN, *avec autorité.*

Allons, tais-toi!

MADAME BOULINGRIN

Je me tairai si je veux.

BOULINGRIN

Si tu veux !

MADAME BOULINGRIN

Oui, si je veux.

BOULINGRIN

... de Dieu !

MADAME BOULINGRIN

Et je ne veux pas, précisément.

BOULINGRIN

C'est trop fort !... Coquine !

MADAME BOULINGRIN

Cocu !

BOULINGRIN

Gaupe !

MADAME BOULINGRIN

Gouape !

BOULINGRIN

Quelle existence !

MADAME BOULINGRIN

Je te conseille de te plaindre. (*A des Rillettes.*) Un fainéant doublé d'un escroc, qui ne fait œuvre de ses dix doigts et se saoûle avec l'argent de ma dot : les économies de mon vieux père !

BOULINGRIN, *au comble de la joie.*

Ton père !... (*A des Rillettes.*) Dix ans de travaux forcés pour faux en écritures de commerce.

MADAME BOULINGRIN

En tous cas, on ne l'a pas fourré à Saint-Lazare pour excitation de mineure à la débauche, comme la mère d'un imbécile que je connais.

BOULINGRIN, *à des Rillettes.*

Vous l'entendez ?

DES RILLETTES

Ne trouvez-vous pas que le temps s'est étrangement rafraîchi depuis une quinzaine de jours ?

BOULINGRIN, *à sa femme.*

Ne me force pas à révéler en l'infection de quel cloaque je t'ai pêchée de mes propres mains.

MADAME BOULINGRIN

Pêchée !... Tu ne manques pas d'audace et je serais curieuse de savoir lequel de nous a pêché l'autre !

BOULINGRIN

Ernestine !

MADAME BOULINGRIN, *formidable.*

Silence ! ou je dis tout ! ! !

BOULINGRIN, *trépignant.*

Ah !... ah !... ah !...

DES RILLETTES, *avide de concilier.*

Du calme !... Madame a raison.

BOULINGRIN, *qui bondit.*

Raison ?

DES RILLETTES, *doux et souriant.*

Oui.

BOULINGRIN

Raison !

DES RILLETTES

Mais...

BOULINGRIN

Raison !... Ah çà ! monsieur des Rillettes, vous voulez donc que je vous extermine ?

DES RILLETTES

En aucune façon, monsieur. Je vous prie même de n'en rien faire.

BOULINGRIN

Certes, je puis le dire à voix haute : au cours de ma longue carrière, j'ai entendu bien des crétins proférer des extravagances. Ça ne fait rien, je veux que mon visage se couvre de pommes de terre, si j'ai jamais, au grand jamais, ouï la pareille insanité !

DES RILLETTES

Ah ! mais pardon !

BOULINGRIN

Raison !

DES RILLETTES

Voulez-vous me permettre ?

BOULINGRIN

Raison !

DES RILLETTES

Ecoutez-moi.

BOULINGRIN, *hors de lui,*

Une trique ! Qu'on m'apporte une trique ! Je veux casser les reins à M. des Rillettes, car la patience a des limites et, à la fin, ceci passe la permission. Comment ! Voilà une bougresse, fille de voleurs, voleuse elle-même, qui me fait tourner en bourrique, m'écorche, me larde, me fait cuire à petit feu, et c'est elle qui a raison !... une gueuse qui me suce le sang, me ronge le cerveau, le poumon, les reins, les pieds, le foie, la rate, l'œsophage, le pancréas, le péritone, et l'intestin, et c'est elle qui a raison !

DES RILLETTES

Voyons...

MADAME BOULINGRIN

Ne faites pas attention, il est fou.

BOULINGRIN

Raison!... Vous dites qu'elle a raison parce que vous parlez sans savoir, comme une vieille bête que vous êtes.

DES RILLETTES, *assez sec.*

Trop aimable.

BOULINGRIN

... Mais si vous étiez à ma place, vous changeriez d'opinion. Oui, ah! je voudrais bien vous y voir! Vous en feriez une, de bouillotte, si on vous mettait à la broche avec une gousse d'ail sous la peau et qu'on vous foute ensuite à roter devant le feu, depuis le premier janvier jusqu'à la saint Sylvestre.

DES RILLETTES

Comment! à roter devant le feu !...

BOULINGRIN, *se reprenant.*

A rôtir!... Je ne sais plus ce que je dis.

MADAME BOULINGRIN

Il est fou à lier.

BOULINGRIN

Fou à lier?... Gueuse! scélérate! Plaie de ma vie! (*Saisissant des Rillettes par un bouton de sa redingote et le secouant comme un prunier.*) Mais monsieur, jusqu'à mon manger !... où elle fourre de la mort aux rats, histoire de me ficher la colique ! (*Le bouton saute.*)

MADAME BOULINGRIN

Quel toupet ! (*Saisissant des Rillettes par un second bouton, qui saute, d'ailleurs, comme le premier.*) C'est lui, au contraire, qui met des bouchons dans le vin, afin de le rendre imbuvable !

BOULINGRIN

Menteuse !

MADAME BOULINGRIN

Je mens ? C'est bien simple. (*Elle sort.*)

SCÈNE IV

BOULINGRIN, DES RILLETTES

BOULINGRIN

C'est ça ! File, que je ne te revoie plus !... que je n'entende plus parler de toi !

DES RILLETTES, *à part.*

Qu'est-ce que c'est que ces gens là ?... Qu'est-ce que c'est que ces gens-là ? Fuyons avec célérité.

BOULINGRIN, *s'approchant de lui.*

Monsieur des Rillettes ?

DES RILLETTES

Monsieur ?

BOULINGRIN

J'ai des excuses à vous faire. Je crains de m'être

laissé aller à un fâcheux emportement et de ne pas vous avoir traité avec les égards voulus.

DES RILLETTES, *jouant la surprise.*

Quand cela ? Où ?

BOULINGRIN

Tout à l'heure. Ici.

DES RILLETTES

Je ne sais ce que vous voulez dire. Vous avez été, au contraire, d'une correction irréprochable, et je suis touché au plus haut point de votre excellent accueil. (*Boulingrin, souriant et confus, lui serre chaleureusement la main.*) Adieu.

BOULINGRIN

Quoi ! Déjà ?

DES RILLETTES

Hélas, oui. Je suis appelé au dehors par une affaire des plus pressantes, et je dois prendre congé de vous.

BOULINGRIN

Vous plaisantez.

DES RILLETTES

Du tout.

BOULINGRIN

Allons, vous allez accepter un rafraîchissement.

DES RILLETTES

N'en croyez rien.

BOULINGRIN

Si fait, si fait, nous ne nous quitterons pas sans avoir bu un coup et choqué le verre à notre bonne amitié. (*Geste de des Rillettes.*) N'insistez pas, vous me blesseriez. (*Il sonne.*) Je croirais que vous avez de la rancune contre moi. (*A la bonne qui apparaît.*) Allez me chercher une bouteille de champagne.

FÉLICIE

Bien, m'sieu. (*Elle sort.*)

DES RILLETTES, *consentant à capituler.*

Enfin !...

BOULINGRIN, *ravi.*

Ah !

DES RILLETTES

J'accepte votre invitation pour ne pas vous désobliger, mais j'entends ne plus être mêlé à vos dissensions intestines. Elles sont sans intérêt pour moi et me mettent dans des positions fausses, — sans parler des boutons de mon habit qui y restent, et de mes fesses, qui s'en ressentent.

BOULINGRIN

Marché conclu.

DES RILLETTES, *la main tendue.*

Tope ?

BOULINGRIN, *tapant.*

Tope !

DES RILLETTES

En ce cas, asseyons-nous. (*Ils prennent chacun une chaise, s'installent près l'un de l'autre, et, souriants, se contemplent un instant en silence. A la fin.*)

BOULINGRIN, *avec enjouement.*

J'ai idée, M. des Rillettes, que nous allons faire à nous deux, une solide paire d'amis.

DES RILLETTES

C'est aussi mon avis.

BOULINGRIN

Vous m'êtes fort sympathique. (*Geste discret de des Rillettes.*) Je vous le dis comme je le pense. Sans doute, j'apprécie vivement l'agrément de votre causerie, pleine d'aperçus ingénieux, fertile en piquantes anecdotes et en mots à l'emporte-pièce, mais une chose surtout me plaît en vous : le parfum de franchise, de droiture, qui émane de votre personne. Gageons que la sincérité est votre vertu dominante?

DES RILLETTES, *modeste mais juste.*

Forcé d'en convenir.

BOULINGRIN

A merveille! Nous allons l'établir sur l'heure. Donnez-moi votre parole d'honneur de répondre sans ambages, sans détours et sans faux-fuyants, à la question que je vais vous poser.

DES RILLETTES

Je vous la donne.

BOULINGRIN

Bien. Dites-moi. Tout de bon là, le cœur sur la main, croyez-vous que depuis la naissance du monde on vit jamais rien de comparable, comme ignominie, comme horreur, comme infamiè, comme abjection, à la figure de ma femme?

DES RILLETTES, *se levant.*

Ça recommence!

BOULINGRIN, *le forçant à se rasseoir.*

Ah! vous en convenez!

DES RILLETTES

Permettez.

BOULINGRIN

Et encore, si ce n'était que sa figure ! Mais il y a pis que cela, monsieur, il y a sa mauvaise foi sans nom, sa bassesse d'âme sans exemple. Tenez, un détail dans le tas, Nous faisons lit commun, n'est-ce pas !

DES RILLETTES, *impatienté.*

Eh! que diable!...

BOULINGRIN

Sapristi, laissez-moi donc parler. Vous vous expliquerez tout à l'heure. Donc, nous faisons lit commun. Moi, je couche au bord, elle dans le fond. Ça l'embête. Très bien, qu'est-ce qu'elle fait ? Elle m'envoie des coups de pied dans les jambes toute la nuit ! Comme ceci. (*Il lance un coup de pied dans le tibia de des Rillettes.*)

DES RILLETTES, *hurlant.*

Oh !

BOULINGRIN

Hein? Quelle sale bête!... Ou alors, elle me tire les cheveux ! Comme cela.

DES RILLETTES, *rugissant.*

Ah !

BOULINGRIN

N'est-ce pas, monsieur, que ça fait mal?... Bien mieux! Quelquefois, le matin, est-ce qu'elle ne m'envoie pas des gifles à tour de bras, sous prétexte de s'étirer? Parfaitement! Tenez, voilà comment

2

elle fait. (*Il bâille bruyamment, et, dans le même temps, jouant la comédie d'une personne qui s'étire les membres au réveil, il envoie une gifle énorme à des Rillettes.*) Vous croyez que c'est agréable?

DES RILLETTES

Non! Non! Et, en voilà assez! Et je ne suis pas venu dans le monde pour qu'on m'y fasse subir des mauvais traitements! Et si, au grand jamais, je remets les pieds chez vous... (*A ce moment :*)

MADAME BOULINGRIN, *qui est rentrée en coup de vent, un verre de vin à la main.*

Buvez!

SCÈNE V

DES RILLETTES, LES BOULINGRIN

DES RILLETTES, *sursautant.*

Qu'est-ce que c'est que ça?

MADAME BOULINGRIN

Buvez!

BOULINGRIN

Comment! Tu n'es pas encore morte!

MADAME BOULINGRIN

Zut, toi! Mais buvez donc, monsieur. Je vous dis que ça sent le bouchon!

BOULINGRIN

Mauvaise gale! Tu ne l'emporteras pas en paradis! (*Il sort.*)

SCÈNE VI

DES RILLETTES, MADAME BOULINGRIN

MADAME BOULINGRIN

Bonjour ! Quel débarras !

DES RILLETTES, *à part.*

Quel monde !

MADAME BOULINGRIN

A la fin, allez-vous boire, vous ?

DES RILLETTES

Sérieusement, j'aime autant pas.

MADAME BOULINGRIN, *étonnée.*

Ce n'est pas sale ; c'est mon verre.

DES RILLETTES

Je ne vous dis pas le contraire, mais je suis forcé de me retirer.

MADAME BOULINGRIN

Comme ça ? Tout de suite ?

DES RILLETTES

A l'instant même. — Qu'est-ce quej'ai fait de mon chapeau ? (*Il se coiffe, puis saluant jusqu'à terre.*) Madame...

MADAME BOULINGRIN

Ecoutez, monsieur des Rillettes, voulez-vous me rendre un service ?

DES RILLETTES

Très volontiers.

MADAME BOULINGRIN

Bien. Enlevez-moi.

DES RILLETTES

Vous dites ?

MADAME BOULINGRIN

Je dis : « Enlevez-moi. »

DES RILLETTES, *suffoqué.*

Ça, par exemple, c'est le bouquet ! Vous voulez que je vous enlève ?

MADAME BOULINGRIN

Je vous en prie.

DES RILLETTES

Eh ! Je ne peux pas !

MADAME BOULINGRIN

Pourquoi donc ?

DES RILLETTES

J'ai un vieux collage, ça me ferait avoir des histoires.

MADAME BOULINGRIN

Vous refusez ?

DES RILLETTES

A mon grand regret ; mais enfin soyez raisonnable...

MADAME BOULINGRIN

Vous refusez ?

DES RILLETTES

Puisque je vous dis...

MADAME BOULINGRIN

Eh bien, je vous préviens d'une chose : c'est que vous allez être la cause de grands malheurs.

DES RILLETTES

Moi ?

MADAME BOULINGRIN

Vous. Oh ! inutile de faire les grands bras. Avant — vous entendez ? — avant qu'il soit l'âge d'un petit cochon, il y aura, à cette place, un cadavre ! ! ! Puisse le sang qui aura coulé par votre faute ne pas retomber sur votre tête.

DES RILLETTES, *les poings aux tempes.*

Mais c'est à devenir fou ! Mais qu'est-ce que je vous ai fait ? Mais ça devient odieux, à la fin ?

MADAME BOULINGRIN

Ah ! c'est qu'il ne faut pas, non plus, tirer trop fort sur la ficelle, ou alors tout casse, tant pis ! Voilà dix ans que j'y mets de la bonne volonté ; ça ne peut pas durer toute la vie. Vous comprenez que j'en ai assez.

DES RILLETTES

Sans doute ; mais... ça m'est égal.

MADAME BOULINGRIN, *non sans quelque ironie.*

C'est tout naturel, parbleu ! Qu'est-ce que ça peut vous faire à vous ? Ce n'est pas vous qui tenez la queue de la poêle et qui payez les pots cassés. Alors vous tranchez la question avec le désintéressement d'un bon gros diable de pourceau confit dans son égoïsme. Trop commode ! Il est probable que vous changeriez de langage si vous étiez, pieds et poings liés, livré à la fureur d'une brute sanguinaire qui vous traiterait en esclave et vous battrait comme un tapis. Car il me bat. Vous ne le croyez pas ?

DES RILLETTES, *battant prudemment en retraite.*

Si ! si ! si !

MADAME BOULINGRIN, *marchant lentement sur lui.*

Non seulement, entendez-vous bien, il me meurtrit de bourrades au point de m'en défoncer les côtes, mais il me pince, qui plus est !... à m'en faire hurler, le misérable !... et (*pinçant des Rillettes qui proteste*) pas comme ceci, ce ne serait rien... Non ; entre l'os de l'index et la deuxième phalange du pouce ! Comme ça. (*Elle joint l'exemple à la démonstration, en sorte que des Rillettes, le bras comme dans un engrenage, se répand en clameurs douloureuses.*) Vous voyez ; ça forme l'étau.

DES RILLETTES

Ah ! Eh ! Oh ! Hi ! (*A ce moment rentre Boulingrin, une assiette de soupe à la main.*)

SCÈNE VII

DES RILLETTES, LES BOULINGRIN

BOULINGRIN, *à des Rillettes.*

Goûtez !

DES RILLETTES, *sursautant.*

Qu'est-ce que c'est que ça, encore ?

BOULINGRIN

C'est de la mort-aux-rats. Goûtez ! Goûtez donc, tonnerre de Dieu ! Ça va vous fiche la colique.

DES RILLETTES

Je m'en rapporte à vous.

MADAME BOULINGRIN, *à son mari.*

Canaille !... Je n'en aurai pas le démenti ! — Buvez !

DES RILLETTES, *menacé du verre de vin.*

Non !

BOULINGRIN

Goûtez ça !

DES RILLETTES, *menacé d'une cuillerée de soupe.*

Jamais !

MADAME BOULINGRIN

Je vous promets que ça empeste !

BOULINGRIN

Je vous jure que c'est du poison ! (*Ils se sont emparés de des Rillettes, et, de force, chacun d'eux avide d'avoir raison, ils lui ingurgitent du potage mélangé avec du vin, cependant que l'infortuné, les dents obstinément serrées, oppose une héroïque défense.*)

MADAME BOULINGRIN

Est-il bête !

BOULINGRIN

C'est curieux, cette obstination ! Puisque je vous dis que vous êtes fichu d'en claquer !

MADAME BOULINGRIN, *à son mari.*

Dis donc, quand tu auras fini de gaver M. des Rillettes !... Est-ce que tu le prends pour une volaille ?

BOULINGRIN

Et toi, le prends-tu pour une éponge ?

MADAME BOULINGRIN

Saleté !

BOULINGRIN

Gueuse !

MADAME BOULINGRIN

Peste !

BOULINGRIN

Choléra !... Et puis, tiens ! (*De sa main lancée avec violence, il envoie à madame Boulingrin le contenu de son assiette.*)

DES RILLETTES, *qui a tout reçu.*

Oh !

BOULINGRIN, *s'excusant.*

Pardon ! simple inadvertance.

MADAME BOULINGRIN, *folle de rage.*

Goujat ! Ignoble personnage ! Tiens !

DES RILLETTES, *ruisselant d'eau rougie.*

Ah !

MADAME BOULINGRIN

Excusez. C'est bien sans l'avoir fait exprès. Là-dessus, nous allons en finir. (*Elle tire de sa poche un revolver.*) C'est toi qui l'auras voulu.

BOULINGRIN, *terrifié.*

A moi ! Au secours ! (*Il se réfugie derrière des Rillettes.*)

MADAME BOULINGRIN

Tu vas mourir !

DES RILLETTES, *à Boulingrin qui s'est fait de lui un paravent.*

Ah non, eh !... Lâchez-moi ! Pas de blagues !

BOULINGRIN, *au comble de l'effroi.*

Ne bougez pas, bon sang de bonsoir !

MADAME BOULINGRIN, *ajustant.*

Otez-vous, monsieur des Rillettes !

BOULINGRIN

Non! Non!

MADAME BOULINGRIN

Otez-vous de là! Je tire.

(Tumulte. Les trois personnages hurlent à l'unisson.)

BOULINGRIN

Restez! Je suis un homme perdu. Je la connais, elle est capable de tout! Protégez-moi, monsieur des Rillettes! C'est à ma vie qu'elle en a!... Ah! la misérable! la gueuse! Au secours! Au secours!

MADAME BOULINGRIN

Ah! c'est comme ça! Vous ne voulez pas vous retirer? Eh bien! tant pis pour vous si vous y laissez votre peau! Il faut que ça finisse! Il faut que ça finisse! La mesure est comble! gare l'obus!

DES RILLETTES

Monsieur Boulingrin, par pitié!... Madame Boulingrin, je vous en prie!... je ne veux pas mourir encore!... Ah! mon Dieu, quelle fâcheuse idée j'ai eue de venir passer la soirée!...

BOULINGRIN, *brusquement.*

Oh! Quelle idée!... (*Il souffle la lampe.*) Vise-moi donc, maintenant!... (*Nuit complète sur la scène, de même que dans la salle, et, du sein de ces ténèbres profondes, surgissent, en hurlements, les phrases suivantes.*)

LA VOIX DE BOULINGRIN

Ah! tu voulais m'assassiner?... Pif! (*Bruit d'une gifle.*)

LA VOIX DE DES RILLETTES

Oh!

LA VOIX DE MADAME BOULINGRIN

A mon tour... Paf!

LA VOIX DE DES RILLETTES

Ah!

TUMULTE NOCTURNE. (*On entend:* Canaille! Crapule! Poison! Escroc! *et le bruit de quatre nouvelles gifles, que l'infortuné des Rillettes reçoit, non sans protestations, les unes après les autres. Après quoi :*)

LA VOIX DE MADAME BOULINGRIN

Et puis, feu! (*Coup de pistolet.*)

LA VOIX DE DES RILLETTES, *éploré.*

Une balle dans le gras!!!

LA VOIX DE BOULINGRIN

Ah! tu tires? Eh bien, je casse la glace!

LA VOIX DE MADAME BOULINGRIN

Ah! tu casses la glace? Eh bien! je casse la pendule!

LA VOIX DE BOULINGRIN

Ah! tu casses la pendule? Eh bien je casse tout. (*Des meubles culbutés s'écroulent.*)

LA VOIX DE MADAME BOULINGRIN

Ah! tu casses tout? Eh bien je mets le feu! (*Galopades, hurlements.*)

LA VOIX DE DES RILLETTES

Faites donc attention, nom de Dieu ! Vous me marchez sur la figure !

LA VOIX DE BOULINGRIN

Chamelle !

LA VOIX DE MADAME BOULINGRIN

Enfant de coquine !

LA VOIX DE BOULINGRIN

Fille de voleur !

LA VOIX DE MADAME BOULINGRIN

Gredin ! (*Des Rillettes soupire douloureusement et geint. Soudain, par les portes ouvertes, du fond et des côtés, c'est la lueur rouge de l'incendie. La scène s'éclaire d'une teinte de sang.*)

DES RILLETTES, *affolé.*

L'incendie !!! Au feu ! Au feu ! (*Il se précipite vers le fond; mais, juste comme il va sortir, survient Félicie, un seau d'eau à la main, accourue pour porter secours.*)

FÉLICIE

Le feu ?... Voilà ! (*Elle lance le contenu de son seau à toute volée.*)

DES RILLETTES, *inondé des pieds à la tête.*

Charmante soirée ! (*La scène s'achève dans le vacarme assourdissant d'une maison livrée à des fous, cependant qu'au dehors la pompe, qui se rapproche au grand galop de son attelage, meugle lugubrement deux notes, toujours les mêmes.*)

Puis :

BOULINGRIN, *brusquement apparu sur le seuil de la pièce et qui se détache en noir cru sur la clarté d'un feu de bengale.*

Ne vous en allez pas, monsieur des Rillettes,
Vous allez boire un verre de Champagne.

RIDEAU

ÉMILE COLIN — IMPRIMERIE DE LAGNY

www.ingramcontent.com/pod-product-compliance
Ingram Content Group UK Ltd.
Pitfield, Milton Keynes, MK11 3LW, UK
UKHW032016260826
14628UKWH00006B/2518

L'HOMMAGE FÉODAL

COMME

MOYEN DE CONTRACTER DES OBLIGATIONS PRIVÉES

PAR

G. PLATON

ANCIEN ÉLÈVE DE L'ÉCOLE DES HAUTES ÉTUDES

PARIS

ANCIENNE LIBRAIRIE THORIN ET FILS

ALBERT FONTEMOING, EDITEUR

Libraire des Écoles Françaises d'Athènes et de Rome

du Collège de France et de l'École Normale Supérieure

4, RUE LE GOFF, 4

1902

L'HOMMAGE FÉODAL

COMME

MOYEN DE CONTRACTER DES OBLIGATIONS PRIVÉES

L'HOMMAGE FÉODAL

COMME

MOYEN DE CONTRACTER DES OBLIGATIONS PRIVÉES

Dans quelques contrées du Midi de l'Europe, en Catalogne, en Castille et même en France, on constate au moyen âge le phénomène suivant : le débiteur ne se contentant pas, pour donner corps et force à son obligation, des formes ordinaires de contracter, a recours à une forme extraordinaire, qui consiste à se faire l'homme de son créancier ; à lui faire foi et hommage pour la dette dont il lui est redevable. Cet emploi du contrat féodal en matière de droit privé a de quoi surprendre et nous a paru mériter une étude particulière.

Les principaux textes et les plus instructifs sur la question, sont les lois 4, 5 et 6 de 1299 et 1300 des *Constitutions de Catalogne* : l. IV, titre 16 : *Actions y obligations*. Toutes disent en substance ceci, qui se trouve en termes exprès dans la loi 4 : « *Per negun deute* no sie fet de aci avant *homenatge* en Cathalunya null temps sino era deute que fos degut per fi de preso de si, o de son amic, o per matrimoni : e si contra era fet de aci avant, quel contracte no haja valor : e encara que algu scriva ò notari no gos fer carta contra aço, e si ho feya que la carta no hajes valor, e encara que perdes lo offici lo scriva et lo notari per tots temps. » — D'après ce texte, une obligation, une dette civile peut être créée par la voie de l'hommage ; et cela dans trois cas : *a*) quand il s'agit de sortir de prison soi-même ; *b*) quand il s'agit de libérer un ami, c'est-à-dire de se porter caution; c) quand il s'agit de garantir à sa femme le payement de sa dot ou de ses autres droits.

La loi 5 énumère ainsi les différentes façons dont naît l'obligation : « Si deute es degut a algun hom per quis deja tenir hostatges... la carta del deute ó *lo sagrament è lo homenatge* no valla menys... Mas nos faça homenatges de aqui avant per deutes, sino per las rahons demunt ditas. »

La loi 6, postérieure de deux ans aux deux précédentes, précise encore mieux : Le comte de Barcelone a promis à noble dame Guillelma de Montcada que « permettriem ella tenir e haver tot lo temps de la vida certats ciutats, castells vilas e locs e encara vegueries... et per las ditas cosas hajessem promes donar certes fermanças qui à las ditas coses *ab juraments e homenatges se obligassen*, segôs en los instruments de la dita donatio plenament es contengut. » Mais une difficulté alors surgit. Le notaire « En Pere de Vilar per authoritat del Illustrissim Rey en Pere pare nostre notari de Barcelona e per tota la terra e senyora del dit senor Rey, » refuse de dresser les actes de fidéjussion qu'on lui demande sous prétexte que « sia prohibit esser *fet homenatge* en Cathalûnya *per deute*, e lo deute sie paraula, segons intentio del dret, generalment comprenent totas cosas a las quals *axi de qualsevol promissio* com per *causa de prestic* com encara per e qualsevol credit, com encara per delicte algu siat obligat (1). » On demande à la Cour royale une interprétation officielle du mot *deute*; et le Roi, assisté de juristes, décide qu'il ne faut pas entendre ici le mot *deute* au sens de toute dette, toute obligation, qu'elle qu'en soit la cause, mais seulement la dette qui résulte d'un prêt : « sino al deute tant solament que fos degut per lo prestic, lo qual consteix en nombre, pes e mesura... La dita paraula se estengues tant solament als deutes que son deguts es deurien per prestics contractats e no a altres deutes. »

Toutes obligations autres que celles résultant d'un contrat

(1) Vivès y Cebria, *Traduccion al castellano de los usages y derechos de Cataluña*, t. I, p. 307, traduit ainsi le passage : « y la *deuda* sea palabra que segun intencion del derecho generalmente comprende todas las cosas á las cuales esté segun la ley uno obligado así por cualquier promesa, como por causa de prestámo, como por cualquier crédito como tambien por delito, no podia ni debia dicho escribano hacer instrumentos con homenages... »

de prêt, — celles qui ont pour origine un délit, un dépôt, une promesse unilatérale, un cautionnement fait pour un ami, — une garantie en faveur de la femme portant sur la restitution de sa dot ou tout autre droit — peuvent, d'après les termes de la consultation royale, se contracter par la voie *de l'hommage.*

Dans le cas même d'emprunt, quand il s'agit de s'arracher à la prison ou d'en arracher un ami, nos Constitutions admettent la possibilité de recourir à ce genre de contrat, qu'elles désignent le plus souvent par ces mots : *fer homenatge per deute* et quelquefois par ceux-ci : *se obligar a una cosa ab jurament e homenatge.* On s'oblige à une chose. Le contrat féodal se trouve ainsi détourné de son emploi normal, et devient un moyen de donner une forme inusitée et une force particulière à un rapport juridique qui n'a rien de féodal.

Les textes diplomatiques ne sont pas moins précis sur ce point pour cette même région de la Catalogne. — Voici, par exemple, dans la *Espâna Sagrada* (t. XLIV, p. 263), un acte de 1225 relatif aux promesses faites à l'église de Girone par le comte d'Ampourdan. Il s'engage en faveur de l'Eglise à « facere instrumenta et securitates ad arbitrium nostrum et cognitionem ; et mittetis nos in corporalem possessionem predictorum castrorum nec tangi permittetis. » Mais de plus le comte « *[faciet] bajulos [suos] jurare et facere hominium nobis secundum formam Aragoniæ* et *milites* stantes in prædictis castris vel eorum terminis facietis *similiter jurare* quod nihil de prædictis impediant sed *omnia pro posse bonâ fide adimpleant* et adimplere faciant. » Au point de vue de la nature et de la portée des engagements pris, il n'y a évidemment pas à distinguer entre les *bajuli* qui doivent faire hommage « *jurare et facere hominium* secundum formam Aragoniæ » et les « *milites* » qui doivent *également jurer*, qui engagent leur *bonne foi* qu'ils feront tout ce qui dépendra d'eux pour exécuter et faire exécuter les conventions conclues.

C'est ainsi, d'après ce texte, que se conclut le contrat de plègerie : le plège se porte fort pour le débiteur vis-à-vis du créancier de l'exécution du contrat en se faisant l'homme de ce dernier, en lui jurant fidélité, en lui faisant hommage.

Une expression qu'on rencontre parfois dans les textes de

la même région nous fera entrer plus profondément dans ce rapport. C'est l'expression : « alicui totum suum honorem per manûs propriæ sacramentum firmare (1). » Remarquons que c'est du débiteur principal, de celui qui fournit caution, celui qu'on cautionne, qu'on dit que « firmat alicui (à son plège) totum suum (du plège) honorem per manus propriæ sacramentum. » L'expression désigne la contre-partie du contrat de plègerie, l'obligation que par le fait du cautionnement fourni le débiteur contracte vis-à-vis du plège qui se porte fort pour lui. En retour de son intervention comme fidéjusseur le débiteur principal assure au plège l'*intégrité* de son honneur : « totum suum honorem firmat. »

Ce qu'engage le plège, en intervenant pour le débiteur, c'est donc son honneur, sa personnalité entière, sa personne morale et sociale, son *honor* dans la double acception du mot : l'intimité de son être et son *établissement* social.

Cette dernière acception, tout comme au reste la première, se marque nettement dans d'autres termes du même acte : sept ou huit seigneurs du comte d'Ampourdan se portent garants envers le comte de Barcelone de l'exécution des promesses faites par leur suzerain : « Pro securitate hujus placiti et prædictæ convenientiæ B. Renardi per præceptum domini sui (le comte d'Ampourdan) convenit Raymundo, comiti Barcheonensi quod si descriptis convenientiis aliquid Pontius de eis infregerit vel homo per eum — et infra 60 dies quibus inde admonitus fuerit per eum emendare noluerit, sit eis adjutor *per fidem sine engan cum omni honore*, quem per prædictum Pontium tenet, donec quod infregerit eis emendet, et taliter, dum vixerit, attendat (2)... » — Un peu plus bas, pour un engagement de même nature, nous trouvons la variante : « Sit adjutor eis per fidem sine engan et *cum honore et potentia* quam habet (3). »

(1) *España Sagrada*, t. XLIII, n° XL, p. 461.

(2) *España Sagrada*, t. XLIII, n° XXXIX, p. 459.

(3) Cet engagement de la personne *féodale* se fait parfois, d'une façon symbolique, par la remise de l'épée du débiteur entre les mains du créancier. C'est ainsi qu'il faut comprendre, dans ce même acte de 1128 (*Esp. Sag.*, t. XLIII, p. 488), la remise de l'épée du comte d'Ampourdan par lui-même au comte de Barcelone, en gage d'une somme de 10,000 sous : « Et mittat comiti Barcheonensi Pontius jamdictus pro decem millia solidis ensem cum toto suo guarnimento, et comes

Cet engagement, sous forme féodale d'une prestation d'hommage du débiteur au créancier, sert également à contracter

commendet ipsam espadam cum isto guarnimento P. Raymundo de Vila de Man, qui eam teneat ab hoc Pascha usque ad aliud. Et si interim prædictus Pontius vel quandocumque usque ad præfatum terminum redire cum voluerit, si dat comiti decem millia solidos in caballos et in mulos ad pretium de præfatis militibus, *reddat* eam P. de Villa de Man prædicto Pontio Comiti. Si de caballis et mulis non se convenerit, donet jam dictus Pontius Comiti octo millia solidos Melgurenses rectæ monetæ recipientes et prædictus P. de Villa de Man *reddat Pontio præscriptam spadam*. Et si ad præfatum terminum Pontius non redemerit, P. jamdictus de Villa de Man reddat espadam cum toto guarnimento Comiti Barceonensi. Et comes convenit prædicto Comiti ut quando ipse Pontius potuerit redimere ipse homo vel homo per eum, comes Barceonensis recipiat prædictos 8 millia et *reddat spadam prædicto* Pontio. — Et si prædictus Pontius mortuus fuerit, reddat comiti Barceonensi octo millia solidos ille, cui Pontius dimiserit spadam verbis vel testamento; et debito hoc persoluto, comes Barceonensis reddat ei prædictam espadam. »

Tous les détails contenus dans ce texte sont du plus haut intérêt et concourent à montrer combien le « féodal » est tout entier personnifié dans son épée, et comment en engageant son épée c'est sa personne qu'il engage. D'abord, le fait même que l'épée commence par être remise aux mains d'un tiers manifeste bien la grandeur et la solennité de l'engagement. Le débiteur aime mieux sentir son épée entre les mains d'un tiers en qui il a confiance, qu'aux mains de son créancier, qui pourrait abuser de cette possession. Ce n'est que plus tard, la seconde année, lorsqu'il n'aura pas pu la dégager, qu'il en passera par cette aggravation de son engagement, qui consiste à remettre son gage, avec tous les risques que la chose comporte, entre les mains mêmes du créancier. Et, d'un autre côté, nous voyons que léguer son épée à quelqu'un par testament verbal ou écrit (dimittere verbis vel testamento), c'est faire de lui le continuateur de sa personne morale, lui léguer son *honneur* et le soin de le dégager. C'est ce continuateur désigné de la personne morale qui reste tenu de l'obligation vis-à-vis du créancier; et, en retour, il a le droit d'exiger, contre payement de la somme due, la restitution de l'épée entre ses mains : « debito hoc persoluto, comes Barceonensis *reddat ei prædictam espadam* : » il a le droit de racheter l'épée, échangée contre le montant de la dette : « quando ipse Pontius potuerit *redimere* ipse vel homo per eum. »

Cette personnification par l'épée de la personne du guerrier n'est pas un fait de date récente, contemporain de l'établissement du régime féodal. Déjà, aux yeux des Barbares qui envahirent l'Empire romain, le guerrier ne fait qu'un avec son épée. Les textes nous les montrent jurant par leur épée (voyez les textes rassemblés par Ducange : *jurare super arma*) : Ammien Marcellin, l. XVII, p. 107 (éd. Valois): « eductis mucronibus quos pro numinibus colunt, juravere se *permansere in fide*. ...Alamani, utpote bellicosi, gladii quem spatham vocabant prehenso capulo, testificantur, parati manu etiam tueri veritatem quam semel affirmassent... » Un texte d'Adam de Brême montre la même pratique chez les Danes : « jurabunt per arma. » — Les *Annales Francorum Fuldenses*, à l'année 873, l'établissent pour les Saxons : « jurabant juxta ritum gentis suæ per arma sua quod... » etc. — Les rois eux-mêmes de la seconde race jurent par leur épée. Hincmar de Reims nous les montre : « coràm deo une obligation pour soi et à se porter caution pour un tiers. Dans l'accord que nous avons cité entre le comte d'Ampourdan et le comte de Barcelone, au sujet des droits de l'église de Gérone, nous trouvons que l'engagement pris par le premier vis-à-vis du second d'exécuter lui-même fidèlement les promesses faites à l'église, prend la forme de l'hommage, p. 460 : « Predictas convenientias facit comes Impuritanus et prædictam pecuniam prefato comiti Barcheonensi et filio suó quia non potuit emendare hoc comiti nec voluit, *pro quo se ipsum miserat in manu suâ*..... Ego iterum Pontius (comte d'Ampourdan) convenio tibi Raymundo (comte de Barcelone) quod omnia superius scripta — *propter hominium quod vobis feci spontaneâ voluntate* — fideliter vobis attendam et tenebo, sicut bonis senioribus meis, quamdiu vixero, sine engan. » Cette forme féodale de l'engagement du comte d'Ampourdan vis-à-vis du comte de Barcelone est d'autant plus frappante qu'on ne la trouve plus employée lorsque le comte d'Ampourdan fait directement à l'église de Gérone des promesses de restitution de biens et de droits indûment retenus : « Definio et evacuo, »

et angelis ejus in fide et vestrâ dextrâ *per spalham* jurantes episcopis [eorum]. »

Nous croyons cependant que c'est par un abus et en détournant la chose de sa droite signification que certains textes désignent l'épée comme le symbole de la royauté et un moyen d'investiture. Par exemple le même Hincmar, archevêque de Reims, dans les *Annales Bertiniani* dont on lui attribue la continuation, à l'année 877 (*Annales Bertiniani, recensuit G. Waitz*, dans la collection des *Scriptores rerum germanicarum in usum scholarum*, p. 138), nous apprend que « Richildis Compendium ad Hlodovicum veniens, missa Sancti Andrea attulit ei *præceptum* per quod pater suus *illi regnum* ante mortem suam *tradiderat*, et *spatam quæ vocatur Sancti Petri per quam eum de regno revestiret* sed et regium vestimentum et coronam ac fustem ex auro et gemmis. » — Un autre texte d'Otton de Fresingue, de date bien postérieure, cité par Grimm (*Deutsche Alterthümer*, 2te Auflage, v° *Schwert*), nous apprend encore que « est enim consuetudo curiæ ut *regna per gladium*, provincia per vexillum a principe tradantur vel recipiantur. » Originairement, l'épée représente la personne, non une chose, pas plus la royauté que le reste. Mais en désignant le continuateur de la personne du défunt, la transmission de l'épée désigne en quelque sorte, le plus souvent, le titulaire futur de la fonction royale ; et on a pu, de la sorte, faire à la longue, abusivement, de la tradition de l'épée un mode d'investiture du royaume « per quam de regno revestiret. »

Mais la signification symbolique propre de l'épée se conserve dans la plupart des régions ; et c'est celle que nous venons de voir dans les textes que nous avons cités des Constitutions de Catalogne et les diplômes relatifs au même pays.

est-il dit dans l'acte de restitution dressé par le comte en faveur de l'Eglise, « gloriosissimæ Dei genitrici Mariæ ejusque canonicæ in perpetuum omnes forcias et toltas et malas personas (*sic*) et omnes malos usaticos etc... Hæc omnia deffinio et dimitto evacuo atque derelinquo vel etiam hoc deffiniendo addo, sive *promitto atque convenio* quod non vetabo, faciam præpositis vel clericis Gerundensibus vendere quandocumque vel cuicumque voluerint omne ipsum expletum... Signum Pontii qui hanc definitionem et evacuationem feci, firmavi firmarique rogavi. »

Les textes législatifs mentionnent de même, nous l'avons vu au début de cette étude, l'emploi de l'hommage indistinctement pour les engagements directs et les engagements fidéjussoires.

Dans ce dernier cas d'engagements fidéjussoires, l'hommage se présente parfois sous des formes équivoques et enveloppées, qui laissent assez difficilement reconnaître son rôle véritable. Je citerai comme exemple l'hommage et le serment dont il est question dans un accord de 1199 entre l'évêque d'Urgel et le vicomte de Castelbon (1). Il est convenu que si « A. de Castrobono fatigaret se de directo post consecrationem dicti Sacristæ Bernardi de Villamur [en qualité d'évêque] ... et de ipso honore, ex tunc *posset demandare homines Vallis Andorræ de hominio et sacramento.* » Si le principal intéressé, le futur évêque, ne lui fait pas droit sur certains points, comme il le promet par la convention présente, le vicomte de Castelbon pourra *exiger* des hommes de l'Andorre l'hommage et la fidélité, c'est-à-dire, si je comprends bien, pourra exiger qu'ils se portent garants de l'exécution des promesses du futur évêque. A mon sens, c'est d'un contrat de fidéjussion qu'il s'agit, mais de fidéjussion forcée. C'est le pendant du *tollere fidejussores* des formules d'immunité mérovingienne. L'usage de contraindre les villageois, les « covicani » du débiteur, à se porter garants pour ce dernier, semble ne pas avoir été inconnu de l'époque romaine. La loi unique au Code, titre 56, livre XI, de l'empereur Zénon, proscrit toute pratique analogue : « Ut nullus ex vicanis pro alienis vicanorum debitis te-

(1) *Hist. de Languedoc*, éd. Privat, t. VIII, Preuves, p. 459, n° 101.

neatur : ... æquitati naturali contrarium est pro alienis debitis alios molestari. Idcirco hujusmodi iniquitates circa omnes vicanos perpetrari modis omnibus prohibemus. » Les novelles 52 (chap. I) et 134 (chap. IV) de Justinien témoignent de la persistance des mêmes abus. La première (de l'année 537) signale que cette pratique de s'en prendre aux biens d'un tiers est en vigueur surtout dans les marchés, mais aussi en rase campagne, dans les villes, dans les villages (κῶμαι), et également pratiquée qu'il s'agisse de citadins, de villageois, de paysans, et pour n'importe quelle dette : dette d'argent ou d'espèces. La novelle défend cette mise en cause du tiers sous peine de restitution au quadruple et d'extinction de la créance. Quant à la novelle 134, chap. IV (année 556), elle nous montre les mêmes procédés employés en matière criminelle par les juges eux-mêmes, qui n'hésitent pas dans la pratique à s'emparer et à détenir, au lieu et place du coupable, un autre habitant du même village, ou à infliger à ce même village une amende collective pour le délit d'un de ses membres. C'est bien ainsi qu'il nous faut comprendre, semble-t-il, ces mots de la novelle : καὶ τοὺς ἁμαρτάνοντας κρατεῖν καὶ μὴ ἑτέρους ἀνθ' ἑτέρων ἢ ἐξ ὧν ὥρμηνται χωρίων οἱ τὰ ἐγκλήματα τολμήσαντες ἄλλον ἀντ' ἄλλου συνέχειν, ἢ ζημιάν τοῖς αὐτῶν ἐπάγειν χωρίοις, ἀλλὰ μηδὲ ἐνεχυρασμοὺς ποιεῖν διά τὸν ἡμαρτηκότα... (1).

Parmi les lois barbares, seul l'Edit de Rotharis 251 mentionne le procédé, encore est-ce pour le défendre (2).

Mais cette solidarité forcée de tous les membres d'un groupe vis-à-vis du fisc ou du créancier puissant est trop dans l'esprit et les nécessités du temps pour avoir disparu des mœurs ou plutôt pour ne pas être largement répandue. Le *tollere fide-*

(1) Osenbrüggen donne du passage, dans le *Corpus juris* des frères Kriegel, la traduction suivante : « et delinquentes prehendant, nec alios pro aliis aut ex vicis unde illi, qui crimina perpetrarunt, orti sunt, alium pro alio detineant aut *prædiis* eorum damna inferant sed nec propter eum, qui deliquit, *pignerationes instituant...* » La Vulgate traduit : « et non alios pro aliis aut ex quibus nati sunt vicis qui crimina præsumpserunt, alium pro alio comprehendere aut damnum eorum inferre *vicis* sed neque pignorationes facere propter peccantem. » — *Vicis* est plus exact pour rendre le second χωριον, que *prædiis* qu'a cru devoir substituer le traducteur moderne.

(2) « Nulli liceat alium pro alio pro quolibet debito pignorare, excepto illo, qui dicitur gaphans esse invenitur, id est coheredes ejus proximior, qui ad illius hereditatem, si casus evenerit, venturus est. »

jussores des formules mérovingiennes témoigne de sa pratique dans les provinces de l'empire franc. Et aux époques postérieures on en trouve un peu partout les traces.

C'est ainsi que dans les *Privilegia civitatis Nurembergensis* le § 8 est ainsi conçu : « Nullus Nurembergensis sit alicujus gaphant de jure nec unus mercator (1). » Dans les régions du midi de l'Europe, en France et surtout en Catalogne, c'est le droit de *marqua* qui est la consécration, comme l'organisation de ce droit d'exécution d'une dette sur les biens et la personne du concitoyen, du covillageois, du débiteur. Tout un titre des *Constitutions* de Catalogne (t. II, livre VIII, tome II, p. 133) est consacré à ce droit : « Constitutions y altres Drets de Catalunhya : De marquas, penyoraments e fadigues. »

La loi 3 surtout (de 1339) en donne une définition assez nette : « Ad nostrum sepius venit auditum quod, — licet pignorationes et *marcæ* in quibus *alter pro altero agravatur*, tanquam equitati, rationibus et juribus odiosæ, omnino sint evitandæ, — vos tamen ad invicem — propter faticam justitiæ et juris deffectum quem alter vestrum asserit in alio invenisse, — conceditis pignorandi licentiam adversus *subditos* seu submissos *illius* jurisdictionis, qui dicitur in justitiæ fathicam repertus; — propter quod homines ecclesiarum et alii — quamvis principales vel fidejussores non fuerint vel existant — multipliciter agravantur; — sane licet interdum hujusmodi pignorationes et marchæ concedantur inter subditos regum et principum diversorum qui reperti sunt in defectu justitiæ atque juris, — non tamen concedi debent inter illos qui uni eidemque Principi sunt subjecti —. » Elle supprime, comme on voit, ce droit de *marque* dont l'exercice avait été entouré par la loi 2 de précautions nécessaires; mais la loi 4 (an. 1360) le rétablit, et la loi 5 (1368) le soumet encore à certaines conditions.

Le « tollere fidejussores » des formules d'immunité mérovingienne n'est qu'une forme de ce droit. Il ne faut pas s'étonner de le voir en vigueur dès l'époque franque, ayant son

(1) Voy. Gaupp, *Staadrecht*, I, p. 177. — « Gafant » signifierait, d'après Blühme (Pertz; *Leges Langobardorum* : Lexique, v° *Gafan*) *Compræs*, *Mitbürge*, *Mithafter*; et *phant* = præs.

origine dans l'ancienne pratique romaine, et favorisé, d'autre part, par la tendance générale du droit mérovingien à faire de la fidéjussion un des ressorts principaux de la vie juridique. L'érudition juridique paraît aujourd'hui, dans son ensemble, avoir renoncé à voir dans la solidarité forcée, dans le cautionnement mutuel des membres de certains groupes territoriaux, comme la *dizaine* et la *centaine*, ou même la communauté de village, un des principes fondamentaux, un trait caractéristique du droit primitif germanique ; mais il est certain que dès une époque reculée, tant sur le continent que chez les anglo-saxons, l'Etat, pour la tâche de police qui lui incombait, a dû faire le plus grand usage, par exemple dans l'organisation judiciaire de la centaine, de la fidéjussion forcée (1).

C'est le même esprit, d'où procède l'exécution sur les biens d'un tiers, d'un covillageois du débiteur, qui se manifeste dans cette prestation forcée de l'hommage dont nous parlons ici ; comme autrefois à l'époque mérovingienne le créancier « fidejussores tollebat. »

Cette forme d'engagement pour soi ou pour autrui par la prestation de l'hommage passe tellement dans les mœurs qu'un peu plus tard nous la trouvons devenue quelque chose comme une clause de style. Quand la partie en faveur de qui la promesse est faite est absente, et ne peut conséquemment recevoir l'hommage, c'est entre les mains du notaire qui dresse l'acte que l'hommage est censé rendu. Dans un acte de 1371 (*España Sagrada,* t. 47, n° 26), le roi d'Aragon concède aux chanoines de Lérida la faculté d'acheter et de posséder des immeubles dans son royaume : « Promittimus *bonâ fide regia in manu et posse* secretarii nostri et notarii infrascripti nomine illorum

(1) Voir, entre autres, la longue dissertation de Waitz : *Gesammtbürgschaft,* t. I, p. 454-496 de sa *Verfassungsgeschichte,* 3e édit. ; et Schröder, *Lehrbuch der deutschen Rechtsgeschichte,* 2te Aufl., p. 122 et suiv. « Wenn aber der Thäter entrann, so musste die gesamte Hundertschaft, in welcher sich der Diebstahl ereignet .. hatte, dem Bestohlenen für den Ersatz des Entwendeten aufkommen. Während sich in der Karolingischen Verfassung keine Spuren einer derartigen Gesammtbürgschaft mehr nachweisen lassen, bestanden hinsichtlich der angelsächsischen *hundred* im 10 Jahrhundert ganz ähnliche Einrichtungen, ohne dasz an einen Zusammenhang mit der merowingischen Ordnung oder gar mit einer urgermanischen Gesamtbürgschaft, wie sie von den Geschichtschreibern des vorigen Jahrhunderts angenommen wurde, zu denken wäre. »

quorum interest vel intererit legitime stipulantis. » — Même formule dans l'acte n° 28 du même tome. — L'exemple est ici d'autant plus frappant que celui qui s'engage est le roi lui-même, et qu'il est censé, pour donner plus de force à sa promesse, se faire l'homme de son sujet, se mettre « bonâ fide in manu et posse stipulantis. »

Mais ce n'est pas seulement en Catalogne, comme nous l'avons dit, qu'on trouve cet usage de s'engager par la prestation de l'hommage. C'est aussi en Castille. Les *Siete Partidas* donnent de l'institution la formule la plus nette, y ajoutant même des traits qui nous aident à comprendre sa nature. Partida IV, titre 25 : « *Como se puede facer vassallo un hom de otro.* — Vassallo puede facer un hom de otro seguint la antigua costumbre de España en esta manera, otorgadose por vassallo de aquel que lo recibe et besandol la mano por reconoscimiente de señoro ; y aun hay otra manera que se face por homenage que es mas grave, por que por ella *non se torna home tan solamente vasallo del otro*, mas finca *obligado de cumplir lo quel promete como per* postura. Et *homenage tanto quiere decir como tornarse homo de otri et facerse como suyo par darle seguranza sobre la cosa que prometa de dar* ó de facer que la compla : et este homenage non tan solamente ha logar en pleyto de vassallage *mas en todos los otros de pleytos et posturas que los homes ponen entre si* con entencion de complirlas. »

Il semble que ce soit l'hommage, dont nous nous occupons, qu'il faille reconnaître encore dans un texte d'un manuscrit de l'ancienne Coutume de Normandie, pars I, section VI, ch. 6, cité par Ducange : « V° Hominium pro emenda : Hommage est fet aucune fois pour garder pès, et en cel hommage dénommé est dit *hommage de paiement* pour ceu que pour tel hommage pès et concorde soit reformée entre aucuns. Si come quant aucun sieut un autre d'aucun crime et pès est reformée entre eux ensi que celui qui est suis del crime fet hommage à l'autre pour garder la pès. »

Le fragment d'une lettre d'Innocent II (année 1133) (1), relative au meurtre d'Archembaud, doyen d'Orléans, et aux événements qui s'ensuivirent, encore cité par Ducange, au même

(1) Voir la lettre dans d'Achery, *Spicilegium*, t. VIII, p. 177.

mot : « *hommagium pro emenda*, illustre pour le mieux le passage de la Coutume de Normandie. Geoffroy de Neuvic, le principal coupable, s'engage par serment à ce que : « salvâ fidelitate carissimi nostri filii (c'est le pape qui parle), dilectis filiis nostris Stephano subdecano et aliis cognatis et nepotibus Archembaldi subdecani... qui hoc recipere voluerint... et ipsis .. jurabit vitam, membra et bona, et cum eo meliores de cognatione ipsius *eamdem securitatem* (1) jurabunt... Præterea Herveus de Vico novo, Hugo nepos ejus et Thebaldus Hervæi, et cum eo tot milites ut centesimum numerum compleant et centum quadraginta de melioribus burgensibus urbis Aurelianensis, quos ad hoc potuerint invenire, — prædictis Archembaldi subdecani parentibus *hominia facient.* »

Ducange cite enfin un autre texte de Robert le Moine, dans son *Histoire de Jérusalem*, l. II. L'auteur raconte qu'Alexis Comnène « requisivit a nostris ut sibi Principes exercitus *facerent hominium* id est *securitatem pacis.* Fecerunt igitur ei cum sacramento hominium tali conditione ut tamdiu duraret quamdiu ipse perseveraret in sacramento suo et promissione. »

Cette prestation de l'hommage pour contracter un engagement semble donc avoir été d'un usage courant dans plusieurs contrées de l'Europe. L'engagement ainsi contracté a pour effet, nous l'avons vu, d'engager au créancier la personne même, l'être féodal du débiteur ou du fidéjusseur. Il nous reste, pour mieux pénétrer la nature de l'institution, à préciser les limites de son domaine, à déterminer si toutes les obligations sont susceptibles d'être contractées de la sorte, et, dans le cas contraire, quelles sont celles qui le sont et quelles sont celles qui ne le sont pas.

A nous en tenir aux termes du passage des *Siete Partidas*, que nous avons cité, toutes les conventions entre hommes pourraient être également conclues de cette façon : « Et este homenage non tan solamente ha logar en pleyto de vasellage mas en *todos los otros de pleytos et posturas que los homes ponen entre si* con entencion de complirlas. » Mais nous avons vu

(1) « Par darle seguranza sobre la cosa, » dit le passage cité des *Siete Partidas.*

par la loi 6, livre IV, titre 16, des Constitutions de Catalogne, qu'il n'en est pas ainsi. Une décision motivée de la Cour royale exclut de la faculté de revêtir cette forme féodale d'engagement par la prestation du serment la dette résultant d'un prêt fait par le créancier au débiteur : « Sino al deute tant solament que fos degut per lo prestic, loqual cousteix en nombre, pes e mesura... La dita paraula [deute] se extengues tant solament als deutes que son deguts es deurien per prestics contractats e no a altres deutes. » De ce point de vue, l'ensemble des obligations, qu'on peut contracter, se partagent en deux classes : celles qui peuvent se contracter par prestation de l'hommage et celles qui ne le peuvent pas. La première classe, nous l'avons vu par cette même loi au commencement de cette étude, comprend toute obligation ayant pour objet : *a*) de se libérer soi-même de prison ; *b*) de libérer un ami en se portant caution pour lui ; *c*) de garantir à sa femme le payement de sa dot ou de ses autres droits ; *d*) tout autre engagement, quel qu'il soit, portant sur un *faire* ou une prestation quelconque ; *e*) enfin toute dette ayant une cause autre qu'un prêt d'argent. D'autre part, on remarquera que pour la Coutume de Normandie, aux termes du passage que nous avons cité, cet hommage est expressément mentionné comme « *fet pour garder pès,* » comme « *hommage de payement,* » c'est-à-dire pour ramener la pacification ; « pour cen que pour tel hommage pès et concorde soit reformée entre aucuns : *payer, payement* de *pacare,* apaiser. » L'hommage dont il est question dans la lettre d'Innocent II, relative au meurtre d'Archembaud, est de même sorte : il s'agit également d'assurer la paix, d'apaiser, « jurare securitatem. »

Il y a donc une certaine unanimité dans les textes à désigner cet emploi de l'hommage comme proprement réservé aux rapports les plus élevés et les plus importants de la vie de l'époque. Ceux dont on exige l'hommage ce sont de préférence, comme nous l'apprend la lettre d'Innocent II, les « *milites,* » les « *meliores de cognatione,* » les « *meliores burgenses* ». Et on leur demande cet hommage pour les promesses les plus solennelles qu'ils puissent faire, celles qui touchent au maintien de la paix sociale. Pour des engagements de moindre importance, pour le remboursement d'un prêt, d'une dette privée ordinaire, — les constitutions de Catalogne nous l'indiquent, — on ne saurait avoir recours, il est expressément interdit d'avoir recours à cette forme d'engagement. Et sans doute aussi les petites gens ne seraient pas admis à corroborer par une prestation d'hommage de la sorte une obligation contractée par eux. Que pourraient-ils engager en effet par ce serment de fidélité? Leur honneur? leur être féodal? ils n'en ont pas. Le monde féodal s'agite au-dessus d'eux. Ils le soutiennent, ils le supportent, mais ils n'en font pas partie. L'engagement féodal par l'hommage n'a de raison d'être et pour ainsi dire de substance que pour ceux qui sont encadrés dans la hiérarchie féodale. Manquer à son engagement, c'est alors déchoir de son rang, se retrancher soi-même de la place qu'on occupait. C'est ce que marquent très bien, donnant ainsi toute la force de l'engagement et sa véritable nature, les lois 1 et 2 du titre V des *Siete Partidas* (t. III, p. 552).

T. V. *De las cosas que fayen los homes por que valen menos.* — L. 1 : « Usan los homos a decir en España una palabra que es *valer menos* : et menos valer es cosa que el home que cae en ella non es *par de otro en carte de señor nin en juicio.* Et tiene grand daño a los que caen en tal yerro ; ca non pueden dende adelante seer *pares de otros* en lid nin en facer acusamiento, nin en testimonio ni en las otras honras a que buenos homes deben seer escogidos. »

Loi 2 : « Caen los homes en yerro que es dicho *menos valer* segunt la costumbre usada de España en dos maneras : la una es quando *facen pleyto e homenage* et non lo cumplen, como si dicé un homo a otro : yo vos fago pleyto et homenage que vos da del tal cosa ò vos cumpla tal pleyto, diciendo ciertamente qual es et si non que *sea traydor o alevoso por ello ;* ca si non cumple el pleyte ò non da la cosa al dia que prometio, *vale menos*... La segunda manera es quando el *fidalgo* se desdice en juicio e per corte de la cosa que dixo. »

Je cite encore la loi 3 qui n'est pas moins instructive sur les effets de ce manquement à la foi donnée : « Ante el rey ò ante los judgadors de sa corte o ante los otros que son puestos en las cibdadas et en las villas para librar los pleytos por corte o en juicio, puede cada un home que *non vale menos* ò que non sea infamado porfazar a otro que lo sea *desechandolo de riepto o de lid, ò de acusamiento ò de testimonio ò de oficio* ò de honra para que fuese escogida. Et la pena en que caen los que son probades por tales es esta : *de non vevir entre los homes et de seer desechados, de non haber parte en los honras et los oficios* que han los otres communalment (1). »

On comprend après cela toute la force de l'engagement féodal. Pour le monde féodal, l'engagement par l'hommage a été l'engagement par excellence, l'engagement le plus efficace. Tout autre était réputé pour lui de qualité inférieure. — Cette dualité d'engagement se retrouve encore aujourd'hui dans la distinction qui se conserve dans certains milieux entre la dette

(1) On serait, au premier abord, tenté de rapprocher de ces cas du droit catalan et castillan les cas d'infamie légale que connaissaient certains droits municipaux allemands. Nous trouvons par exemple, dans les statuts d'Augsbourg, U. B., I, n° 15, année 1257 : « Item statuimus si camerarius damnum aliquod ad estimationem X libr. nobis errogaverit, nec de eo satisfacere curaverit, tamquam fractor voti ad omnes actus legitimos *inabilis et despectus* sit quod vulgariter subintelligendum est « *elose und rehtlose.* »

D'autres fois, le débiteur lui-même, dans la teneur du contrat, déclare se reconnaître d'avance parjure, sans honneur et sans droit, « *meineider, verzaller und erloser,* » s'il n'exécute pas fidèlement le contrat : U. B. Freiburg, II, n° 293, an 1379 (Voyez pour tous ces textes, R. Löning, *Der Vertragsbruch und seine Rechtsfolgen*, p. 516, qui est loin, au reste, d'avoir épuisé le sujet) : « und swa unser deheiner der deheines brichet, der ist meineide und rehtlos und elos. »

Mais le caractère féodal ne s'accuse pas nettement ici. Cette « obligatio sub infamiâ, bey Schelmschelten » paraît plutôt une obligation de droit commun, une obligation découlant du droit civil. Dans une dissertation de la Faculté d'Iéna de 1744, d'un certain Joh. H. Horr (*De obligatione sub infamia*, bey Schmelschelten, Wittebergæ, 1744, in-4°, 16 p.), que nous avons sous les yeux, elle est traitée comme une simple obligation de droit civil et comme indistinctement en usage dans toutes les classes de la population; p. 14 : « Forma specifica — praeter necessitatem et jus (la forme générique) — insuper requirit ut fiat sub vinculo infamiae, h. e. ut quis se adstringat ad sustinendam infamiam quando debitor ita alteri ad satisfaciendum se devincit *daz er ein Schelm seyn wolte, wenn er nicht zu rechter Zeit bezahlete vel bey Verlust seines ehrlichen Nahmens*, vel *wenn er nicht richtig wiederumb bezahlen oder seinen Bürgen losen* und entheben wurde, dasz er ein Schelm und unredlicher verlogener Mann seyn wolle, vel simpliciter bey *Schelm-schellen.* » La note d'infamie résulte le plus souvent d'une déclaration du tribunal (Löning, p. 516); notre dissertation dit, de son côté : « propter dominium quod homo in famam habet recte statuitur quod sub infamiæ notâ quis se obligare alteri potest, — *executione* Majestati vel verè, vel analogicè tali *relicta ?* » — Mais il arrive aussi que les parties mettent dans le contrat que le créancier pourra, en cas d'inexactitude du débiteur, proclamer publiquement sa honte, son infamie, de toutes manières : par la parole, l'écriture, l'image. Mais le créancier doit alors s'en tenir là, et ne peut le poursuivre devant les tribunaux.

d'honneur et la dette ordinaire. La dette d'honneur c'est la dette, contractée selon le mode propre au monde auquel nous appartenons, pour laquelle nous avons engagé notre être social, notre place dans une certaine classe de la société. La dette tout court c'est la dette contractée selon le droit commun. Et comme, avant d'appartenir au corps social en général, l'individu appartient au groupe dont il fait partie, il ne faut pas s'étonner de ce que l'obligation issue du droit commun, du droit général, passe pour lui bien après l'obligation contractée dans le monde particulier et fermé où il vit, formée selon les convenances et les nécessités de ce petit monde. Chaque groupe tend à avoir son droit, sa morale propre : don Juan n'a aucun scrupule à mettre à mal les filles et à berner M. Dimanche, mais est fort chatouilleux sur le chapitre de l'honneur. Il est parfaitement vrai que toute formation sociale nouvelle ayant ses exigences, ses nécessités de vie, ne peut manquer d'avoir, plus ou moins accusés et développés, sa morale et son droit propre qui tendent à reléguer à l'arrière plan, pour chacun de ses membres, la morale et le droit qui dominent dans les groupes voisins.

Il n'a pas pu en être autrement du monde féodal. Il a eu ses exigences, son droit propre, et, faisant partie de ce droit, son mode d'obligation particulier qu'il a conçu et organisé sur le modèle de l'engagement féodal par excellence de l'homme au seigneur par la prestation de l'hommage. Le monde franc, avant l'établissement du régime féodal, a connu l'obligation : les hommes savaient s'engager entre eux, contracter une dette, sans recourir à la prestation de l'hommage qui n'existait pas. Comment l'ancien mode d'engagement, dans les sphères supérieures du monde féodal, a-t-il cédé la place à ce mode nouveau? Nous en avons indiqué la raison générale : le besoin pour le monde féodal de se créer un droit propre, des institutions en harmonie avec ses principes. Quelles ont été les raisons juridiques, les raisons spéciales?

C'est ce que nous allons rechercher dans la seconde partie de cette étude.

*
* *

La question se pose ainsi : Qu'est l'ancien mode d'obligation? qu'est l'hommage prêté? comment le second mode d'obligation a-t-il pu, dans la technique juridique, se substituer au premier? On ne saurait répondre à la dernière question qu'autant que les deux autres ont été préalablement élucidées.

La première est la plus difficile. Elle suppose connue à fond la matière des contrats en droit germanique. Or, si depuis cinquante ans (1) on a beaucoup travaillé et si on est arrivé à quelques résultats, l'entente est encore loin de s'être faite sur tous les points, et bien des questions restent ouvertes. Si nous croyons un des hommes les plus compétents de l'Allemagne en matière d'histoire du droit germanique, M. Schröder (2), les résultats obtenus seraient à peu près les suivants. Le très ancien droit germanique n'aurait pas connu l'obligation à terme, la dette. Seules les affaires au comptant (Barverträge) étaient originairement pratiquées par les Barbares germains. L'obligation à terme aurait fait sa première apparition dans le droit sous forme de remise de gage, ce qui était une façon de payement et donnait à l'opération l'apparence d'une affaire au comptant. Ce gage pouvait être indifféremment une chose ou une personne. La personne donnée en gage, en otage, était gage au même titre que la chose. L'une et l'autre étaient également *commises*, c'est-à-dire restaient au pouvoir du créancier, si le débiteur ne payait pas au jour dit : la chose comme sa propriété, la personne comme son esclave qu'il pouvait vendre, mutiler, tuer. Pour échapper à ces conséquences, la personne donnée en gage devait par tous les moyens pousser le débiteur à se libérer; mais elle n'avait jamais à sa disposition que des moyens de contrainte morale. Par la suite des temps un double progrès se fit : les moyens de contrainte morale, dont disposait la personne mise en gage pour forcer le

(1) Pour l'ancien état de la science, voir, par exemple, Walter, *Deutsche Resgechtschichte*, p. 521 et suiv. Berlin, 1853, in-8°

(2) *Lehrbuch der deutschen Rechtsgeschichte*, 2e Auflage, § 35, ch. IV, p. 282-291.

débiteur à se libérer, se changèrent insensiblement en contrainte juridique; et d'autre part l'esclavage, qui résultait pour la tierce personne qui s'était constituée garant, s'affaiblissait insensiblement en une responsabilité portant simplement sur ses biens. Elle n'était plus un gage, une chose entre les mains des créanciers; elle devenait caution (Bürgen, ahd. burigo), fidéjusseur. Mais caution, fidéjusseur, non pas à la façon romaine, comme ayant contracté vis-à-vis du créancier l'obligation *accessoire* de payer, au cas seulement où le débiteur ne payerait pas, mais d'une façon beaucoup plus énergique en se constituant *débiteur principal*, sauf à se retourner plus tard pour la dette soldée et les dommages subis contre le débiteur véritable. Conséquemment, c'est la caution que le créancier poursuivra et qu'il exécutera sur ses biens; et il est si vrai que c'est la caution qui est devenue le débiteur principal, que c'est à elle que le créancier doit s'adresser, et que s'il poursuit d'abord son véritable débiteur, il ne peut plus ensuite poursuivre la caution. La fidéjussion prend fin par cette poursuite du débiteur direct (1).

Comment se conclut ce contrat de fidéjussion? Par la remise de la *festuca*, d'une baguette, d'un brin de paille. Cette baguette, ce brin de paille est successivement remis par le débiteur au créancier, et par celui-ci ensuite à la caution. Il semble démontré aujourd'hui que cette festuca est une représentation symbolique de l'épée. Quand il s'agit de transactions juridiques ayant pour objet un abandon de droits, celui qui fait l'abandon, qui vend par exemple ou cède un immeuble, remet à l'autre partie cette même festuca ou la lui jette dans un pan de l'habit. Cela semble signifier qu'il renonce, vis-à-vis de celui qui la reçoit, à faire, en ce qui concerne l'objet en question, usage de sa force et de ses moyens de défense. Il se laissera dépouiller de la chose par la partie adverse, quand celle-ci jugera à propos de s'en emparer pour son usage. Cet emploi de la festuca (*festucatio; gairethinx* chez les Lombards) se trouve à peu près le même dans toutes les branches du rameau germanique.

(1) *Bened. Lev.*, III, c. 334 (*M. G. Leges*, II, 123), et *L. Rom. Curiensis*, XXII, 12.

Dans la formation du contrat de fidéjussion, la remise de la festuca par le débiteur au créancier, qui la remet à son tour à la caution, ne paraît pas avoir eu d'autre signification. Le débiteur renonce vis-à-vis du créancier, par la remise symbolique de son arme, à faire usage de sa force, à défendre contre lui sa personne et sa maison; et le créancier, à son tour, abandonne cette marque sensible de l'engagement du débiteur à la caution, qui pourra ainsi se saisir, s'il le faut, de la personne et des biens du débiteur. — La festuca représentait donc ainsi la personne même du débiteur, un gage, et c'est pour cela qu'elle recevait parfois le nom de « *wette,* » wadia, et que le contrat de fidéjussion, dont nous nous occupons ici, on l'appelait parfois « *wadiatio.* »

Tous ces points semblent confirmés par la belle et solide étude de *Val de Lièvre:* Launegild und wadia. Innsbruck, 1877. « La *wadia*, » dit M. Val de Lièvre, p. 227, « est le symbole de la *fidejussio* comme le *launegild* est le symbole de la donation... Il ne se rencontre jamais de promesse de cautionnement de dette, aucune promesse de fournir caution, aucune promesse de se porter caution sans *wadia;* mais au contraire dans aucune autre promesse de payer la *wadia* n'intervient... » Et encore, p. 223 : « Le cautionnement est le siège principal du *wadium*. Partout où le *wadium* intervient dans un but autre que celui de réaliser un cautionnement, d'instituer des fidéjusseurs, ou de conclure un contrat de fiançaille, son intervention n'est pas partie essentielle de l'acte juridique : *ein essentiale negotii*. Dans la simple promesse de dette il ne joue le rôle que de « *arrha confirmatoria.* » Et p. 226, « tandis qu'on est généralement porté à ne voir dans le cautionnement qu'un cas *spécial* d'emploi du *wadium*, il faut le considérer plutôt comme le point de départ naturel de cette institution juridique, comme en donnant seule les contours et le contenu efficace. C'est la fidéjussion qui donne, sinon immédiatement, du moins médiatement, les limites du domaine d'emploi de la *wadia*. »

Tel est resté le contrat de fidéjussion, tel le rôle de l'emploi de la festuca chez les Lombards jusqu'aux temps post-carolingiens : tel ce rôle a été primitivement chez tous les peuples germaniques.

Mais déjà chez la plupart, disons chez tous sauf les Lombards, la *wadiatio* s'est transformée depuis longtemps en un mode direct de contracter, en une reconnaissance de dette.

Voici comment cela s'est fait : Le débiteur ne pouvant trouver de caution, on a admis qu'il pouvait se porter caution pour lui-même. « *Cap. leg. add. de 818*, c. 6 (Boretius, I, 282) : fidejussores vestituræ donet... insuper et ipse *per se fidejussionem faciat* ejusdem vestituræ » ; et surtout le texte classique, Edict Chilp. 6 : « similiter convenit ut quicumque admallatus fuerit et in veritatem testimonia non habuerit unde se educat, et necesse est inium (*sic* pour *mitium*) fidem faciant et non habuerit simili modo qui pro eum fidem faciat : *ut ipse in senistra manu fistucam teneat et dextera manu auferat.* » *Auferre* est ici pour *offerre* : le débiteur prend la festuca de la main gauche, la passe à la main droite, et, de cette même main droite, la remet au créancier. Le créancier se trouve ainsi avoir dans les mains la festuca, et, par elle, pouvoir sur la personne et les biens du débiteur (1). Mais la festuca n'est plus qu'un gage, qu'une caution *apparents*, puisqu'il n'est plus question là de fidéjusseur, ni de gage réel : il y a ceci de nouveau que l'obligation immédiate du débiteur vis-à-vis du créancier se trouve fondée. L'obligation à terme fait ainsi son apparition dans le droit.

Cette transformation du contrat de fidéjussion en mode d'engagement direct s'est d'abord réalisée au tribunal sous la contrainte procédurale nécessaire pour assurer l'exécution de la promesse faite d'exécution du jugement. Là, le débiteur, qui venait de remettre la festuca, était tenu vis-à-vis du créancier qui l'avait reçue de fournir caution ; il était ensuite tenu vis-à-vis de la caution qui avait payé pour lui du montant de sa dette, et, éventuellement, de la restitution au double ou au triple des dommages que cette même caution avait pu éprouver de son chef. N'ayant personne qui voulût répondre pour lui, on dut admettre que le débiteur répondrait pour lui-même devant le tribunal, prendrait l'engagement d'exécuter le jugement. On arrivait ainsi à admettre qu'on pût se cautionner soi-même ; on arrivait à l'obligation directe par la remise d'un gage fictif.

(1) Schröder, n° 141, p. 287.

Du tribunal, ce mode d'obligation direct envers le créancier par la remise d'un gage fictif passa dans la vie courante. Et c'est ainsi que le droit germanique, dans la plupart de ses branches, eut l'équivalent de la stipulation romaine, dont ce contrat reçut au reste plusieurs fois le nom : *Edict. Liutp.*, 15; — Lex *Rom. Cur.*, XXIV, 2.

L'emploi de la festuca, qui avait originairement servi à conclure un contrat de fidéjussion, fut consacré à contracter une dette, à rendre irrévocable un engagement unilatéral quelconque. C'est en ce sens qu'on a pu parler, comme Sohm, de contrat *formel*. Dès qu'était intervenue la festuca, le contrat était, en effet, parfait, sans qu'il fût besoin d'examiner ses bases matérielles. L'emploi de la festuca rendait *ipso facto* la créance liquide et entraînait l'exécution. De même en droit lombard, nous apprend Val de Lièvre (*op. cit.*, p. 223), la *wadia*, qui s'emploie essentiellement pour le contrat de fidéjussion, a pour effet de faciliter la procédure d'exécution sur gage privé. On sait en quoi consiste essentiellement cette procédure d'exécution, dont le titre 50 de la loi Salique, *De fide facta*, nous dépeint les principales phases.

Après trois sommations faites par le créancier au débiteur, sous certaines conditions, le premier recourait au grafio, et en compagnie de sept rachimburgs figurant à la fois comme témoins et comme commissaires-priseurs, exécutait les biens du débiteur jusqu'à concurrence du montant de la dette.

Tel est donc à l'époque mérovingienne le seul mode d'engagement unilatéral, l'unique façon dont une promesse devient obligatoire juridiquement; et telle est aussi l'unique sanction de cet engagement : l'exécution sur les biens meubles.

Ce contrat formel par la festuca est le même que celui que les textes désignent sous le nom, principalement usité chez les Francs, de *fides facta*, « fidem facere per festucam » : Pertz, *Diplômes mérovingiens* n° 66 : « judicatum quod solidi XV pro hac causa fidem facere deberit, quod ita et in præsenti per festuga visus est fecisse »; *Histoire de Languedoc* (Vaissette), I, n° 109 : « De hac causâ fidem talem fecit suâ *festuca jactante* (1). » Une preuve, s'il en était besoin, c'est une glose à

(1) Au Moyen Age, cette *fides facta* germanique devient le *geloben auf Treue*,

la suscription du titre *de fide facta*, reproduite d'après Pithou par Behrend dans sa table de la *Lex Salica*, v° *fides : fidem facere*, qui prouve cette identité et qui, d'autre part, cadre très bien avec l'ensemble de la théorie que nous venons d'exposer : « Qui vadium alteri dat et postea persolvere spreverit. » Une autre glose explique : « Si quis fidem fecerit id est *fidejussor extiterit* ». — Ce contrat par la *festuca* joue le rôle que joue chez les Saxons, qui réservent les mots *wetten*, *wedde*, *gewede* pour désigner le payement du wergeld, le contrat formel qu'ils appellent *geloven*, *gelovede* (c'est-à-dire Gebülde), et qui se conclut suivant l'ancienne pratique avec les doigts et la langue (*curvatis digitis*).

Ce contrat n'a primitivement rien de commun avec le serment. Le serment ne peut être que la confirmation d'un engagement antérieurement pris par les malédictions que le promettant prononce sur lui-même pour le cas où il serait infidèle à sa promesse. C'est un moyen de sorcellerie plutôt qu'un moyen de droit. Ce n'est que postérieurement, au second moment, que, comme le veulent Sohm (1), et après lui Esmein, le serment « a eu une valeur juridique, et non pas seulement comme en droit romain une valeur morale » ; qu'il équivaut au contrat formaliste de la *fides facta*, ainsi qu'on peut le voir par le rapprochement de l'*achramire* de la loi Salique, ch. 37 et 47 et du *Sacramentum* du titre 33-1 de la loi des Ripuaires. Encore ne faut-il jamais les confondre. Les engagements de fiançaille, que cite M. Esmein (2), ne sont en réalité qu'une simple *promesse* confirmée par serment, un *serment* portant sur la promesse de prendre tel ou telle pour conjoint. On ne peut pas dire que ce soit la forme moderne du contrat formaliste, mais plutôt une institution qui en tient lieu.

Ajoutons, pour finir cette exposition, qu'il semble bien qu'outre ce contrat formel par la festuca le droit germanique n'ait pas originairement connu d'autre moyen de contracter des obligations à terme. On a prétendu voir dans la nature et

la forme fondamentale du contrat allemand que les textes latins rendent assez inexactement par *fidem facere*.

(1) *Das Recht der Eheschliessung aus dem deutschen und canonischen Recht geschichtlich entwickelt*, 1875 ; p. 47, et p. 48 note 48.

(2) *Etude sur les anciens contrats*, p. 105-106.

les particularités essentielles du contrat de vente et d'échange la preuve de l'existence d'un contrat réel. En réalité, on a affaire encore ici à des transactions au comptant. Quant au prêt, au gage, au dépôt, ce n'est pas tant à une obligation civile qu'elles donnent lieu qu'à une responsabilité délictuelle pour détention indue et punissable du prêt, du gage, du dépôt. Les donations, elles aussi, conçues au point de vue de la forme juridique comme contrat onéreux, — parfaites et valables seulement par la contre-prestation du donataire, en droit lombard, le *launegild*, — les donations elles aussi rentraient dans la catégorie des affaires au comptant.

Voilà, dans ses grandes lignes, la conception générale qui se dégage des nombreux travaux parus sur le droit contractuel germanique. Elle ne manque pas de cohérence et porte en elle-même une certaine impression de vérité. — L'exposition de M. Heusler, dans sa systématisation du droit allemand, « *Institutionen des deutschen Privatrechts*, » est concordante sur tous les points essentiels. Enfin les objections les plus sérieuses qu'on dirigeait au début, par exemple Thévenin (1), contre la théorie du « contrat formel » et de la « procédure formelle, » qui semblait excessive, paraissent écartées, par le fait que comme Heusler, à côté du contrat formel par la *festuca*, on fait sa place au contrat *réel*, qui comprendrait le prêt d'argent, et aux contrats basés sur la remise de l'arrhe, comme la vente, le louage et surtout le louage de services.

L'argumentation de MM. Thévenin et Behrend (2) peut se résumer ainsi : l'acte formel par la *festuca* n'a jamais existé pour deux raisons : *a*) une raison générale et *b*) une raison particulière.

(1) Voir sa vigoureuse étude, faite pour ébranler : *Contribution à l'histoire du droit germanique*, II : Du rôle de la forme dans les contrats réels (*Nouv. Revue historique*, a. 1880, p. 447-461); dont la conclusion est celle-ci : « dans l'ancien droit germanique, il n'y avait ni contrats consensuels ni contrats formels, mais seulement des contrats *réels.* » — Heusler, *Institutionen des deutschen Privatrechts*, 1886, t. II, p. 247, dont la conception générale se rapproche sensiblement de celle que nous venons d'exposer, reconnaît, dans le système contractuel du moyen âge, trois catégories de contrats : 1° un contrat réel, le prêt d'argent; 2° pour les obligations unilatérales, le contrat formel par la *festuca;* 3° dans les obligations synallagmatiques comme la vente, le louage, surtout le louage de service, le contrat *par arrhes* (Arrhalverträge).

(2) Dans les *Festgaben für W. Heffter*.

a) L'acte formel n'a jamais existé parce que ce que Sohm appelle la *procédure d'exécution*, unilatérale, extrajudiciaire, qui reposerait toute entière sur « l'acte formel », qui emprunterait son effet coercitif à la « forme » employée par le « demandeur » et qui s'appliquerait exclusivement « en matière de droit privé » (*N. R. H.*, 1880, p. 93 et 99), n'a jamais existé et ne pouvait pas exister telle que la conçoit M. Sohm. Cette procédure qu'il décrit et qui est la procédure du droit privé repose, en effet, toute entière sur les trois titres de la loi Salique, 45, 50, 52. Il faudrait donc admettre que le « droit privé franc ne connaissait pas de demandes en dehors de celles qu'indiquent ces trois titres; bref, que la matière du droit privé franc est contenue toute entière dans ces trois titres » (p. 96). « Cette opinion, » dit M. Thévenin, « a contre elle les vraisemblances. Il est certain que l'état des personnes, les droits de famille et d'hérédité étaient une source de contestations dont le règlement en justice s'imposait... En second lieu, cette opinion a contre elle les textes : titre XXV (union du libre et de l'esclave), LIX (successions), XLVI (institution d'héritier). Dans les trois titres sur lesquels Sohm bâtit son système de procédure, il ne faut donc voir que des espèces isolées... Or, en admettant que la procédure d'exécution s'appliquât à ces *espèces*, on peut penser que ce pouvait être tout aussi bien la procédure *judiciaire* que la procédure d'*exécution* qui s'appliquait aux *autres espèces* du droit privé. » Il n'y a donc pas de procédure d'*exécution* qui soit le *propre* des *matières de droit privé*; et, conséquemment, il n'y a pas forcément d'*acte formel* comme fait générateur de toute obligation de droit privé.

b) La seconde raison, c'est qu'on se trompe sur la nature de la *festuca* et qu'il est conséquemment forcé qu'on se trompe aussi sur son rôle juridique. On la confond avec le *wadium*... Or (p. 73), « le *wadium* est transmis et reçu; il suppose le concours de deux personnes. » — P. 72. « Il n'éveille pas dans l'esprit une idée purement concrète, mais déjà l'idée abstraite de gage; aussi n'est-il pas facile de préciser, dans chaque cas, quel était l'objet donné en gage. A l'avis de M. Thévenin, c'était habituellement un gant. » — « La *festuca* n'est *jamais transmise;* elle ne suppose qu'une personne; elle est *a*) saisie, ou encore *b*) jetée. » — « Elle n'est jamais que le morceau ou tige de bois (fêtu) que l'on a sous la main. » — Sa signification juridique est celle-ci : *a*) *saisie* (p. 81 et 90) : « par la *festuca*, l'homme libre donne à la déclaration qu'il fait au même instant toute l'autorité possible, car il est prêt à combattre pour la soutenir ; il la *confirme ;* — *b*) jetée : « par le jet de la *festuca* (p. 90), l'individu déclare abandonner sa prétention, délaisser l'objet qui se trouve en sa possession ; » et ainsi « la *festuca* intervenait à l'occasion de tout acte qui devait être *public* en raison de la solennité que les parties intéressées voulaient lui donner et aussi de l'intérêt que les tiers avaient à connaître cet acte... Elle n'intervenait jamais dans les cas où l'individu n'avait pas à manifester sa volonté ; elle n'*intervenait jamais dans la promesse de droit privé* (*fides facta* de la *lex Salica*) pour transformer un simple pacte de *contrahendo* en un « contrat formel » exécutoire de plein droit. »

Il ne faut donc confondre à aucun degré le *wadium* et la *festuca*. Leur nature, leur rôle sont autres, et les textes distinguent nettement entre l'*emploi* de l'un et l'*emploi* de l'autre. (Voir p. 71 du texte et la note 1, où sont reproduits plusieurs textes qui mentionnent en même temps le *wadium* et la *festuca* et semblent distinguer nettement entre eux.)

Ces objections ne laissaient pas d'être sérieuses et il en a été tenu compte dans la systématique plus récente.

D'abord, la vie juridique franque n'a pas été enfermée, comme on pouvait le craindre, dans le cadre étroit et trop artificiel du contrat formel tel que le décrivait Sohm. Ce contrat formel a pu s'étendre à toutes sortes de promesses : promesses de dommages-intérêts, cautionnements, contrats préparatoires, c'est-à-dire pactes adjoints relatifs, par exemple, à la livraison d'une marchandise, au payement du prix. Puis on a fait sa place au contrat réel avec le contrat de prêt conçu comme contrat réel. Enfin, avec les contrats comme la vente, le louage, le louage de service, où intervient l'arrhe (*Die Arrhalverträge*), qu'on conçoit plutôt comme *forme* (1), on agrandit

(1) Heusler, *op. cit.*, p. 257. « Denn so gut wie dort beim Kaufe die arrha als Leistung angenommen werd, muss man auch hier beim Gelöbnis die wadia als Leistung (Pfandsatzung) passieren lassen, und dann hat man uberhaupt nur Realcontracte im Sinne Sohms und gar keinen Formalvertrag, denn wadia so gut wie arrha ist Scheinleistung. Und umgekert, taxiert man die wadia als

encore plus la notion de contrat formel à laquelle on enlève la rigidité et l'étroitesse qui pouvait répugner d'abord en elle.

Mais c'est surtout le contrat formel proprement dit (*Wettverträge*, *gelöbnis*), l'obligation unilatérale par la *festuca*, dont la notion, si vivement attaquée chez Sohm et ses partisans, reçoit une correction importante. La *festuca*, nous l'avons dit, est conçue par la systématique nouvelle comme ayant été primitivement un gage, non pas un gage symbolique, mais un gage réel donné en payement, la contreprestation obligée dans ces transactions au comptant en lesquelles consiste au début toute la vie juridique. La partie ne pouvant se libérer, n'ayant pas dans les objets meubles qu'il possède de gage suffisant, se donne lui-même en gage ou donne en gage un parent, un ami. Et comme l'a très bien dit M. Thévenin, à cette époque de violence, où l'arme de l'homme c'est tout l'homme, pour se donner en gage, il donne son arme, la *festuca*. « L'ancienne wadiation, » dit Heusler, « sous sa forme originaire, n'a pas été un contrat *formel*, mais une constitution réelle de gage; plus tard, le contrat réel (chose ou caution) s'est subtilisé en pure forme. » La *festuca* c'est donc bien l'arme du guerrier, par laquelle il affirme, par laquelle il délaisse un droit; mais c'est aussi une arme qu'on met en *gage*. Les notions de *festuca* et de *wadium*, que Thévenin veut être essentiellement distinctes, se trouvent au début étroitement unies. Quand on eut admis que l'individu pouvait par la *festuca* être sa propre caution et que, d'autre part, le gage ainsi constitué n'était plus la personne du débiteur, mais ses biens, le gage tendit à devenir apparent, fictif, et dans la *festuca primitivement remise* on ne reconnut plus la personnalité morale du débiteur. Pour ces mêmes raisons, le contrat devenait *formel;* étant formel, il n'importait plus que la *festuca* fût conservée par le créancier, donc *livrée* par le débiteur. Mais, comme il arrive si souvent pour le langage, l'institution eut son doublet. Cette idée de gage (*wadium*) qui s'évanouissait dans le formalisme du contrat ne disparut pas complètement. La *festuca* avait perdu ce caractère de gage ; on chercha à

Form, so muss man auch die arrha unter diesen Begriff stellen. Dieses letztere erscheint mir als das richtigere. »

trouver à cette idée une autre expression. Cette expression, c'est le *wadium* dont M. Thévenin constate concurremment l'emploi avec celui de la *festuca*.

Il reste donc, pour le but qui nous intéresse, qu'à l'époque germanique le mode d'engagement unilatéral par excellence, le seul en vigueur, c'est la *wadiatio : gelöbniss*, la *fides facta per festucam*, et que ce mode d'engagement est un contrat *formel*. La forme fait l'obligation indépendamment de toute juste cause. Dans ce contrat, la *causa debendi* ne peut jamais être mise en question, mais seulement le contenu de l'obligation, le terme, etc... La stipulation romaine est le pendant de ce contrat.

Voyons maintenant la nature de l'hommage. Ici, la tâche nous est rendue facile par l'étude de M. Ehrenberg : *Commendation und Huldigung nach fränkischen Recht*, Weimar, 1877, in-8°, dont nous admettons les résultats comme démontrés.

Ces résultats sont les suivants :

Il faut distinguer, dans le contrat de vasselage, deux choses : *a*) la recommandation, et *b*) le serment de fidélité.

a) 1° La recommandation appartient à la classe des contrats réels (p. 93). Elle est proprement échange : d'une part la prestation, de l'autre la contre-prestation. La prestation émane d'ordinaire de l'homme qui se recommande; elle consiste, pour lui, à faire la remise de ses mains (*Handreichung*) entre celles du *senior*. Ses mains représentent ici symboliquement sa capacité de services qu'il met à la disposition de l'autre contractant.

Cette prestation oblige le *senior* à une contre-prestation qui est le don d'un bénéfice, d'un fief, ou encore tout autre don : comme de l'entretenir sa vie durant. L'ordre habituel de la prestation et de la contre-prestation peut au reste être interverti sans altérer l'essence du contrat. Le *senior* peut faire son don, sa libéralité, avant que l'homme se soit recommandé à lui (p. 93, 116). Mais en tout cas une prestation appelle toujours l'autre. Le contrat n'est parfait que lorsque à la prestation a correspondu, de l'autre côté, la délivrance de la contre-prestation (p. 101). La remise des mains de la part du vassal est une *promesse* symbolique de service; mais l'obligation de service constante, définitive, n'existe que lorsque l'homme a reçu de son *senior* un don. On peut dire que l'obligation de service du *vassal* repose sur la réception d'un don de la part du *senior*.

2° Ce contrat s'est suffi à lui-même pendant toute l'époque mérovingienne. A l'époque carolingienne, la pratique s'introduit et devient générale d'adjoindre à ce contrat *réel*, à ce contrat de recommandation, un serment de fidélité juré sur les saints Evangiles ; c'est-à-dire que, à la force du lien résultant du contrat réel qu'est le contrat de recommandation, le *senior* veut joindre la force plus grande d'une promesse solennellement faite, qui lui engage non seulement les services de l'homme, mais sa *fidélité*.

b) La fidélité est, dans l'ordre des relations d'homme à homme, un concept tout nouveau. La fidélité est autre chose que l'obéissance à un ordre donné, toute autre chose que l'observation stricte du contenu d'un contrat. La fidélité, au lieu d'engager une part plus ou moins grande de l'activité de l'individu, engage sa personnalité toute entière : son intelligence, son bon vouloir ; « la fidélité doit être définie (p. 111) un rapport entre deux personnes en vertu duquel l'une des deux est obligée, vis-à-vis de l'autre, à lui être utile, à le servir *pour le mieux* par la parole et l'action, selon *sa connaissance et son pouvoir.* » L'obligation de fidélité a une double face : positive et négative. L'obligé doit : 1° laisser tout ce qui, à sa connaissance, tend au détriment de celui vis-à-vis de qui il est obligé ; 2° il doit faire, dans la mesure où il le peut, tout ce qui, à sa connaissance, peut lui servir. Dans le concept de fidélité (p. 112) domine donc l'élément subjectif, le sentiment de l'individu obligé ; et, en cela, la fidélité se distingue de l'obéissance. L'obéissance consiste à faire ce qui est ordonné sans s'inquiéter des conséquences.

Voici comment le *Liber feudorum*, liv. II, tit. VI, *De forma fidelitatis*, développe le contenu du concept de fidélité :

§ 1. « Qui domino suo fidelitatem jurat ista sex in memoria semper habere debet : incolume, — tutum, — honestum, — utile, — facile, — possibile. — Incolumne, ne sit in damno domino suo, de corpore suo ; — tutum ne sit ei in damno de secreto suo vel de munitionibus suis per quas esse tutus potest honestum ne sit ei in damno de sua *justitia* vel de aliis causis quæ ad honestatem ejus pertinere videntur; — utile ne sit ei in damno de suis possessionibus; — facile vel possibile, ne id bonum quod dominus suus facere leviter poterat, faciat ei difficile neve id quod possibile ei erat, faciat impossibile. — Ut fidelis hæc nocumenta caveat justum est. Sed quia non sufficit abstinere a malo, nisi fiat quod bonum est — restat ut in sex praedictis consilium et auxilium domino præstet, si *beneficio* vult dignus videri, et de fidelitate esse *salvus*. »

Le contrat de recommandation reste toujours très nettement distinct du serment de fidélité. Dans la création du rapport de vassalité, c'est toujours la recommandation qui joue le rôle essentiel, qui représente le noyau du contrat. Le *Liber feudorum*, à la question : « Quid præcedere debeat an investitura vel fidelitas, » répond, liv. II, ch. IV : « Sæpæ responsum est *investituram* debere præcedere *fidelitatem*. » *Investitura*, c'est le don fait par le seigneur à l'homme, la prestation qui oblige l'homme à la contre-prestation, en d'autres termes la conclusion du contrat réel de recommandation. Comme dit très bien Ehremberg : « On ne jure fidélité que quand le contrat est conclu. La fidélité n'est qu'un accessoire qui s'ajoute au premier, et qui ne le touche qu'extérieurement, non dans son essence organique. Là où il n'y a que serment de fidélité, il n'y a jamais proprement vassalité. Le contenu du serment est lui-même tout autre : *Libri feudorum*, liv. II, tit. V, § 1 : « Si veró domesticus id est familiaris ejus cui jurat, — aut si ideo jurat fidelitatem *non quod habeat feudum* sed quia sub juridictione sit ejus cui jurat — nominatim vitam, membrum, mentem et ejus rectum honorem jurabit. » — Ce que le titre VII développe ainsi : « id est juro quod nunquam scienter ero in consilio vel in facto quod tu amittas vitam vel membrum aliquod vel quod tu recipias in personâ aliquam læsionem vel injuriam vel contumeliam. »

Au point de vue particulier qui nous occupe, l'habitude de faire suivre le contrat de vassalité du serment de fidélité n'est pas sans avoir de graves conséquences. La fidélité engage, comme nous l'avons dit, tout l'homme, tandis que la vassalité, simple contrat réel, n'engage que ses services. La fidélité rend sans limite la subordination du vassal au seigneur, lui livre sa personnalité tout entière. Ce serment a pour effet de faire de la personne même de l'obligé, du débiteur, le recours le plus efficace du créancier. C'est à la conscience du débiteur qu'on remet le soin de faire exécuter les obligations qu'il a contractées.

Comment la pratique s'est-elle généralisée d'adjoindre toujours au contrat de recommandation un serment de fidélité? Comment est-il arrivé que le serment de fidélité ait conquis le rang de second élément nécessaire dans le formalisme du contrat de vasselage? M. Ehrenberg voit, avec raison, là un des principaux problèmes de la question complexe de l'origine du régime féodal. Nous n'avons pas, quant à nous, à répondre à cette question. Il nous suffit de constater qu'il en est ainsi; et que, de ce chef, le contrat de vasselage prend, entre les contrats, au point de vue de la force de l'obligation qu'il crée, et des garanties qu'il offre au créancier, une place toute particulière et prééminente.

Le problème qui nous occupe se pose maintenant ainsi : au contrat de dette formel, au mode d'engagement unilatéral tel que nous l'avons décrit et qu'il tend à se dégager des efforts de l'érudition juridique, en Catalogne, en Castille, en France, probablement ailleurs, se substitue à un certain moment comme mode d'engagement unilatéral, en matière d'obligation privée qui semble n'avoir rien de féodal, l'emploi du contrat d'hommage : contrat complexe, d'origine relativement récente. Comment est possible cette substitution de l'un à l'autre entre deux contrats de nature diverse? et quelle en est la raison?

Si l'on en croyait M. Esmein, *Etudes sur les contrats dans le très ancien droit français* (1), le problème ne se poserait pas, ou tout au moins se poserait de manière à n'offrir aucune difficulté. Le *contrat formaliste* de la *fides facta* et l'*hommage* seraient, en effet, au fond, un seul et même contrat. Je résume les grandes lignes de son argumentation, que l'on trouve

(1) Articles parus dans la *Nouvelle revue historique de droit*, années 1880, 1881, 1882, 1883, et publiés en tirage à part.

exposée principalement dans l'étude qui a pour titre : « Le contrat formaliste et le cautionnement. » — Le contrat formaliste est une promesse unilatérale solennisée par un signe extérieur; ce contrat s'appelle encore *wadiatio*. Il sert à des usages divers : d'abord pour les promesses qui se succèdent au cours d'une procédure; dans les actes translatifs de propriété ou de possession; mais surtout pour la fidéjussion : c'est par le contrat formaliste que se contracte le cautionnement. Ce contrat formaliste se conserve à l'époque féodale; il est souvent désigné par les mêmes termes que précédemment : *fidem facere*, faire foi, ou par des termes équivalents : *faire fiance, fiancer*.

Mais à ce moment, les *formes* de la *fides facta* changent. « C'est maintenant (§ 2, ch. I), généralement un *serment* promissoire que vient soutenir de la part du promettant un geste de la main, qui consiste à mettre ses mains dans celles du créancier (1). »

« C'est justement (ch. III, § 2) (2) par ce contrat formaliste [ainsi modifié dans la forme, mais toujours le même quant au fond] que se *noue le contrat qui sert de fondement à la féodalité, le lien qui unit l'homme au seigneur, la foi et l'hommage.* » D'après M. Esmein, on ne saurait donc voir dans l'emploi de l'hommage comme mode de s'engager unilatéralement en matière privée la substitution d'un contrat à un autre, l'emploi d'une forme juridique récente sur un domaine qui lui serait originairement étranger, mais bien l'emploi légitime et normal, dans une matière toute voisine, d'une même institution qui n'a fait que changer de forme.

Il ne peut en être ainsi : nous avons vu que l'hommage comprend un *contrat réel* de recommandation et, de plus, une promesse de fidélité sous serment. L'hommage n'est pas un contrat formel, comme l'était la *fides facta* de l'époque franque et mérovingienne. En second lieu on ne saurait permettre de confondre, comme l'a fait M. Esmein, la *fides facta*, le *contrat formaliste* — et le *serment*, la promesse sous serment. L'une et

(1) Page 97 du tirage à part.
(2) Page 104 du tirage à part.

l'autre restent parfaitement distinctes. Le serment confirme l'engagement antérieur, mais ne saurait le créer. Le serment fait naître une dette envers les puissances supérieures qu'on invoque, non envers la partie. En soldant sa dette à Dieu, en acceptant de subir sa vengeance, le promettant reste libre de tout engagement envers la partie, s'il n'y a préalablement eu un engagement ferme de nature purement juridique. Au reste, à la fin du § 2, ch. III (1), M. Esmein fait lui-même ces constatations : « Nous remarquerons aussi, » dit-il, « que les termes usités *faire foi* et *serment* semblent distinguer deux choses : la promesse que la main consacre et le serment qui l'accompagne » ; « parfois, en effet, » ajoute-t-il, « dans les actes cette distinction sera très nette. »

M. Esmein passe outre ; et en cela, nous semble-t-il, il a tout à fait tort.

La parfaite distinction, pour ne pas dire l'antagonisme, subsiste irréductible entre le contrat formaliste de l'engagement unilatéral de l'époque franque et mérovingienne — et l'hommage, le contrat de vasselage.

La question se pose de nouveau brutale : Comment le second, dans certains cas, a-t-il pu se substituer au premier ?

C'est, à mon sens, par son second élément, le serment de fidélité, que le contrat féodal s'est prêté au rôle nouveau qu'on lui a fait jouer. Ce serment de fidélité avait, comme nous l'avons expliqué d'après Ehrenberg, pour effet de vivifier, d'étendre, de rendre à la fois plus fort et plus souple le contrat de recommandation. C'était tout l'homme qu'on intéressait à l'exécution stricte, parfaite du contrat de vasselage. Il devait donner ses services à son seigneur, mais les donner de la manière la plus loyale, la plus droite ; comme il devait servir au mieux, selon son intelligence et son pouvoir, le Roi, le Pouvoir, à une époque où le Pouvoir n'avait eu encore ni le temps ni l'expérience nécessaire pour formuler en prescriptions légales tous les devoirs qu'il était en droit, qu'il lui était nécessaire d'attendre des sujets.

Mais s'il était ainsi possible d'intéresser, d'engager *tout l'homme*, toute sa personne morale et sociale au strict accom-

(1) Page 104 du tirage à part.

plissement de ses obligations envers son *senior*, pourquoi ne pourrait-on obtenir qu'il apportât la même loyauté, la même spontanéité intelligente dans l'accomplissement de toute autre obligation, dans l'exécution d'un engagement quelconque? — que sa posture et sa démarche fussent par exemple dans le payement d'une somme, dans l'accomplissement d'un *faire*, dans l'exécution d'une obligation qu'on considérait comme particulièrement importante et sacrée, les mêmes que dans l'accomplissement de ses devoirs féodaux vis-à-vis du *senior?* — que quant à cette obligation particulière, et quant à cela seulement, il se fît l'*homme* de son créancier?

Et c'est ce qui arriva.

Le contrat *formel*, au début, avait, comme alors le contrat féodal, pris tout l'homme. Par la *festuca*, nous l'avons vu, il engageait sa force guerrière, son honneur, sa personne entière. Puis l'emploi de la *festuca* était devenu une simple forme; on ne se rappelait plus que la *festuca* était l'homme lui-même. D'autre part, le contrat ne conduisait plus qu'à l'exécution sur les meubles : faible sanction quand l'obligation existait entre personnes puissantes, figurant au sommet de la hiérarchie féodale.

Il fallait revivifier l'obligation dont l'emploi du contrat formaliste faisait quelque chose de mort et d'impuissant, la revivifier toutes les fois qu'il en valait la peine.

L'ancienne forme du contrat formaliste restait bonne pour les petites gens. L'hommage devenait la forme d'engagement des classes supérieures pour les obligations qui en valaient la peine, auxquelles débiteurs et créanciers attachaient de l'importance : il y avait une dette plébéienne, une dette des hommes de *poesté*, un *contrat de fiance;* et il y avait des *dettes d'honneur*, qui étaient essentiellement les dettes du monde féodal, ou les dettes que ce monde avait intérêt à marquer à son empreinte. Et ces dettes, quiconque ne les payait pas était rayé de ses cadres.

TOULOUSE. — IMP. A. CHAUVIN ET FILS, RUE DES SALENQUES, 28.

www.ingramcontent.com/pod-product-compliance
Ingram Content Group UK Ltd.
Pitfield, Milton Keynes, MK11 3LW, UK
UKHW032016260826
14628UKWH00006B/2513